李鸣生，当代著名作家。1956 年生于四川简阳。1974 年入伍。1991 年毕业于解放军艺术学院文学系。中国报告文学学会副会长。中国作家协会报告文学委员会委员。中国文字著作权协会常务理事。

1981 年发表第一首诗歌。1982 年发表第一篇小说。1984 年发表第一部中篇报告文学。1990 年创作第一部电视剧剧本（中央电视台播出）。1991 年发表第一部长篇报告文学。主要作品有：《李鸣生文集》（十六卷），李鸣生“航天七部曲”（七卷），李鸣生“走出地球村”系列丛书（七卷），中篇小说、电视剧、电视专题片、电影纪录片多部，共约九百万字。

作品曾获三届鲁迅文学奖、三届国家“五个一工程”奖、三届中国报告文学奖，以及中国图书奖、中国改革开放三十年优秀报告文学奖、中国长篇广播金奖、北京市优秀文学作品奖、上海重大文艺工程精品图书奖、《当代》文学奖、首届《中华文学选刊》奖、冯牧文学奖、徐迟报告文学奖、全军文学作品特等奖、全军文学作品一等奖、中国人民解放军文艺奖等二十二项。

有作品入选《21 世纪中国文学大系》《21 世纪中国最佳纪实文学》《中国报告文学精品文库》《共和国作家文库》《新中国 60 年文学大系》《30 年文学典藏》《中国优秀报告文学读本》《中国报告文学精选》及大中专院校教材等数十种文本。

李鸣生微信公众号：lms6668

博客中国李鸣生专栏：limingsheng.blogchina.com

李鸣生新浪微博：@ 李鸣生

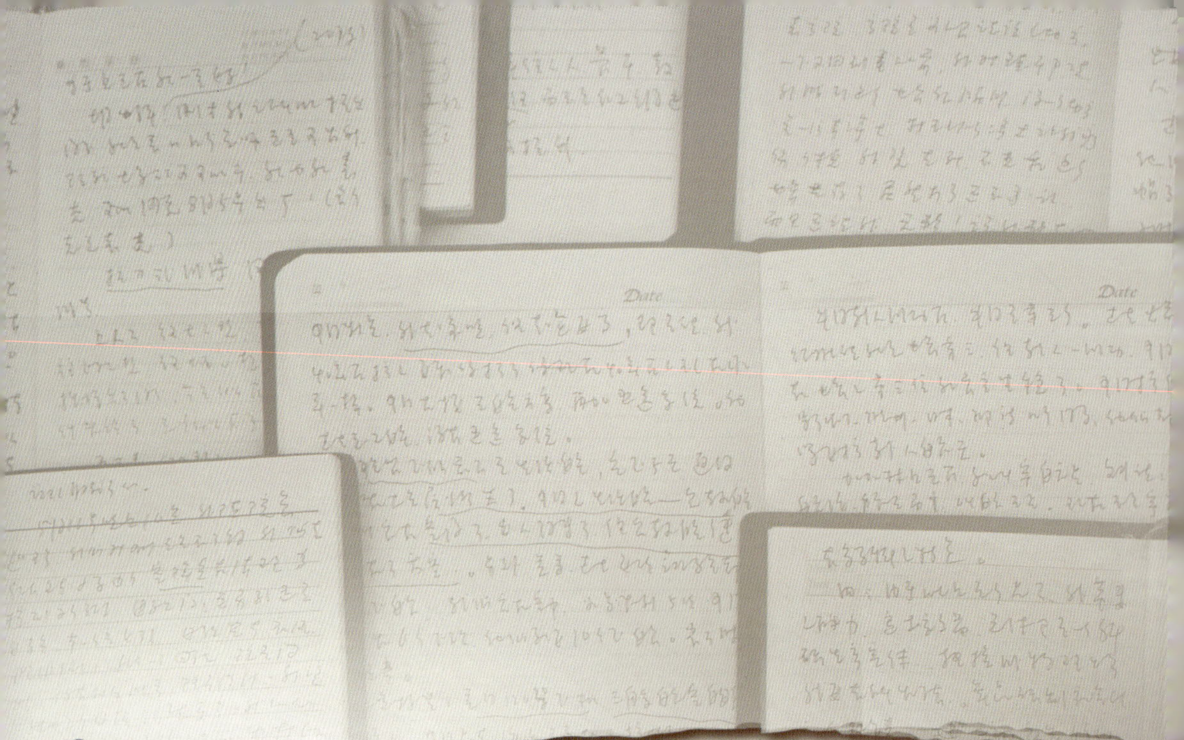

作　者　采　访　手　迹

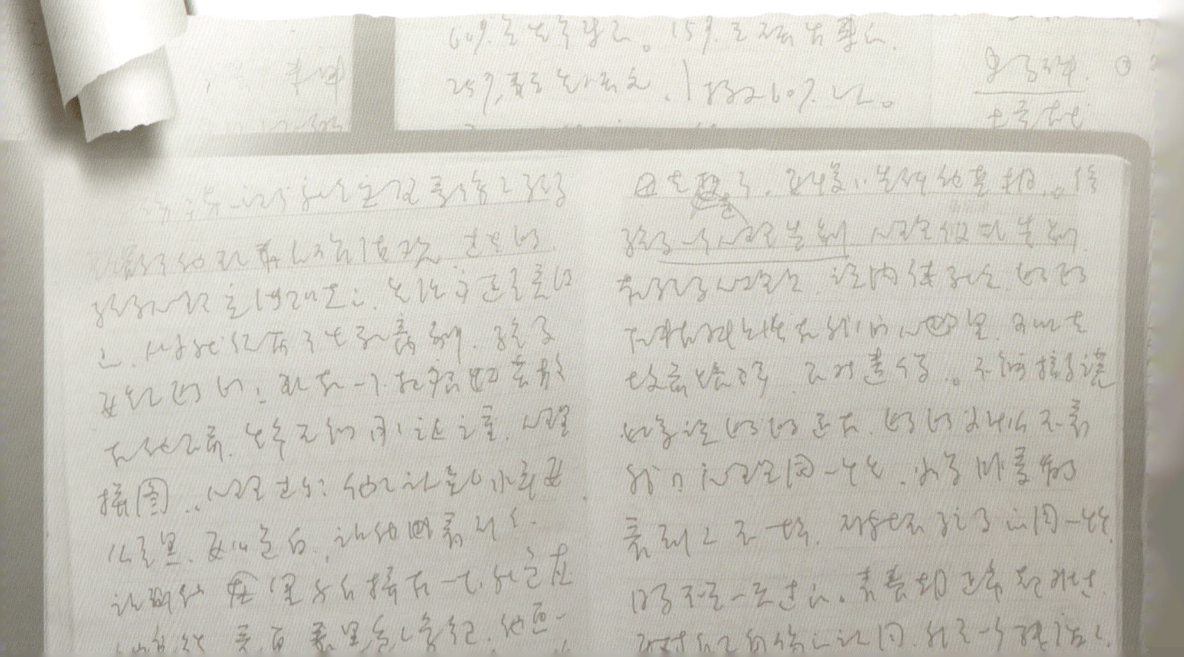

李鸣生文集

良知，作家的饭碗

天地出版社

图书在版编目（CIP）数据

良知，作家的饭碗/李鸣生著. —成都：天地出版社，2017.2
（李鸣生文集）
ISBN 978-7-5455-2152-8

Ⅰ. ①良… Ⅱ. ①李… Ⅲ. 访问记-作品集-中国-当代 Ⅳ. ①I253

中国版本图书馆 CIP 数据核字（2016）第 179824 号

LIANGZHI ZUOJIA DE FANWAN

良知，作家的饭碗 李鸣生 著

出 品 人 罗文琦

选题策划 张 京
选题组稿 谭清洁 漆秋香
责任编辑 谭清洁 漆秋香等（本书责任编辑：漆秋香）
装帧设计 冠腾文化
电脑制作 四川胜翔数码印务设计有限公司
责任印制 田东洋

出版发行 天地出版社
（成都市青羊区槐树街 2 号 邮政编码：610031）
网 址 http://www.tiandiph.com
http://www.天地出版社.com
电子邮箱 tiandicbs@vip.163.com

印 刷 四川经纬印务有限公司
版 次 2017 年 2 月第一版
印 次 2017 年 2 月第一次印刷
规 格 168mm×240mm 1/16
总 印 张 330（本书印张：13.75）
总 字 数 4700 千(本书字数：171 千)
总 定 价 698.00 元
书 号 ISBN 978-7-5455-2152-8

购书咨询热线：（028）87734632 87738671

序

有思想的非虚构：李鸣生报告文学论

丁晓原

尽管我们有《左传》《史记》这样久远的文学纪实的传统，但具有特指性的报告文学还只是一种只有百余年历史的后起文体。建构晚近三十年中国报告文学史的优秀作家有许多，其中特别重要的是一批穿越上世纪70年代末至新世纪的资深报告文学家，我们称之为跨世纪报告文学作家。但真正具有文体史意义的，或其创作参与了文体建设的报告文学作家，并不是很多。李鸣生是其中不可或缺的一位，他的写作对报告文学文体具有典型意义。这位写作了《飞向太空港》《澳星风险发射》《走出地球村》《中国“长征号”》《远征三万六》《千古一梦》《发射将军》“航天七部曲”的“太史令”，以其独特的创作，为我们书写了新中国航天的悲壮历史。它们既是航天的壮美诗史，也是国志，是文学。作家的地位是由作品的品位决定的，作家的个人史由其创作史建构。李鸣生以其高水准、大规模的航天作品，铸就了他在文坛作为中国航天首席报告文学家、中国航天文学领军者的地位，即使在世界航天文学的书写中也可作如是观。此外，《走出地球村》《中国863》和《震中在人心》三部作品分别获得第一届、第二届和第五届鲁迅文学奖。获得三届鲁迅文学奖的作家很少，尽管获奖不是评价作家创作的唯一尺度，但李鸣生的这些作品摄取独特，叙事宏阔，思考深广，语言表达颇具个性意味，是完全配得上鲁迅文学奖这一荣誉的。

我们对作家的创作进行价值评估，需要超越作品某种应时而生的新闻性，获得必要的时间间距和空间背景。时间是最有信度的批评家，空间也为批评提供了更多的参数。基于这样的认知，我们将李鸣生个人的报告文学创作史，推置于晚近三十多年中国报告文学史中加以观照考察，解析作家创作的特质，探索其何以并在多大程度上实现了对报告文学文体的有效诠释，这应该是很有意义的。

一

我以为，报告文学是一种个人化的社会写作。从作者主体角色的存在视之，这是一种典型的知识分子写作方式。对此，李鸣生也是认同的。他在鲁迅文学院第二十届中青年作家高级研讨班的研讨会上，就明确地告诉他的青年同道："我认为，真正的报告文学作家是典型的知识分子。"①

知识分子的范畴具有多种义项。这里所说的知识分子不是"知识"的知识分子或者是"专业"的知识分子，而是公共知识分子。这种知识分子的基本特点是介入社会；作为社会良知，基于独立思想而向社会发言。因此，报告文学的写字间是整个社会，它拒绝一厢情愿的私人写作。并且从根本上说，作家的思想品位决定着报告文学作品的品质，而有品位的思想需要作家秉持独立的人格。在李鸣生看来，"知识分子最大的特点就是他的人格的独立，这点，作为一名优秀的报告文

① 李鸣生：《报告文学作家要人格独立》，中国作家网2013年7月2日。

学作家必须具备”。由此李鸣生给出“报告文学作家和新闻记者的区别”的关键之处在于，“新闻记者是要在现场报道，要在第一时间内把最有价值的信息传达出去（深度报道另当别论）；报告文学作家是要在这些新闻事件的基础上作出自己的独立思考，最终传递和表达的是你对这个世界的思考，而你的思考要与众不同。所以，在所有的社会问题上，作为报告文学作家必须建立起自己独立的思想体系，进行与众不同的思考，最终发出与众不同的声音”。[①] 由此可见，思考、思想之于报告文学作家李鸣生所具有的特别意义。“一个民族光有空间的高度是不够的，还必须要有思想的高度。唯有拥有了思想的高度，其眼光、胸襟、境界才大不一样，甚至说话的气派、分量也大不相同；而天天看到、想到的，就不仅仅是秦砖汉瓦、巍峨长城，滔滔黄河、滚滚长江，还有五洲四海、辽阔世界，万里长空、茫茫宇宙！”（《千古一梦·尾声》）这是李鸣生长篇报告文学《千古一梦》中一段具有主题性意义的表述。根据这一表述，结合体现作者追寻思想自觉的创作实践，我们可以获得观照、读取李鸣生报告文学特质与价值的一个优选的视角。在我看来，李鸣生的报告文学体现为一种有思想的非虚构写作范式。

思想为美是报告文学写作美学中的一条重要原则，这是这一文体作为知识分子写作方式的一种内在规定。著有《西部在移民》的麦天枢曾经说过：“当思想的深度构成读者对报告文学的普遍要求的时候，思想性就表现为一种美；思想性通过文学手段来承载，思想性就变成了文学性。”[②] 优秀的报告文学是作家卓异思想的产物，同时它又如思想的“发生器”，能够激活读者的关联思考与叩问。《哥德巴赫猜想》

① 李鸣生：《报告文学作家要人格独立》，中国作家网 2013 年 7 月 2 日。

② 参见《太行夜话——报告文学五人谈》，《光明日报》1988 年 9 月 23 日。

在新的历史时期首次正面叙写讴歌科学工作者的业绩和科学精神，在拨乱反正之初具有显然的思想先锋意义。《人妖之间》直击现实严重的腐败，开创了新时期以批判为价值取向的“问题报告文学”的先河。作者感于世相而提出的“人们啊，要警惕”的告诫，危言醒世，启人深思！李鸣生初入文坛，就浸润着新时期报告文学的文学精神。在其后的写作中，他奉持“独立人格、独立立场、独立思想、独立写作”的原则。这一原则来自他长期写作实践的真切体悟，也视为他对报告文学理想写作的一种诉求。出版文集时，这一原则被赫然印在文集的封面上，这充分说明作者对这诸多“独立”的特别看重。

我以为，四个“独立”的核心在于“独立思想”。“独立思想”是我们解读李鸣生报告文学的“文眼”。李鸣生是一位对思想有着执着认知的作家。他以为：“一个作家的思想非常重要，无论你是写什么的。思想决定作品的高度，决定作品的品质，甚至说思想决定一切。而这种思想，必须属于自己。”[①]“思想”在李鸣生报告文学写作中是一种整体性的存在，它涉及选题与格局、价值取向和叙事设置、思想表达和语言策略，等等。特别与众不同的是，思想于报告文学家李鸣生而言，更可贵的是体现为思考的方法、思维的智慧。我们读李鸣生的作品，很容易获得一种直观的感觉，就是大题材、大视野、大构架、大叙事、大主题、大气场。同样是科技题材的报告文学，徐迟的《地质之光》《哥德巴赫猜想》《生命之树长绿》等可谓是精致的诗，而李鸣生的《飞向太空港》《千古一梦》等作品是一种史诗的创制，即便是《发射将军》这样的人物报告文学，也注意将个人史与国史的叙事有机融合，体现出别有意味的史性。我以为李鸣生写作中显示出的种种大

① 参见杨鸥：《李鸣生：中国航天史诗的书写者》，《人民日报·海外版》2010年8月6日。

观，从根本上说是来自作家的大思维。其中具有李鸣生原创性新思维的，是其关于“星际文明”“宇宙文明”的发明与阐释。这是李鸣生卓然有成、自立于文坛的思想前提。

二

航天书写于李鸣生而言是一种宿命，一种天作之合的情缘，是个体生命史的建构，也是作者贡献天地文明的事业！“十五年的发射场生活，使我比一般人更有条件看到天空，也更有机会随着火箭卫星的一次次升腾，对我们居住的这个星球以及顽强地活在这个星球上的同类进行立体的思索，从而改变了我跪着看待人生的姿势，获得了一个与众不同的审视世界的角度。”（《飞向太空港·后记〈天空让人想起使命〉》）这位结缘于航天伟业的作家，是以航天人的姿态入轨报告文学天地的。从李鸣生的话中，我们可以获知作者不仅具有得天独厚的熟稔题材的条件，而且更重要的是由此衍生出的心理优势和写作智慧。“发射场成了我的精神牧场”（《千古一梦》）。在对象主体化的领悟之中，李鸣生开启了辽阔宽广的思维空间。这种思维空间早在写作《飞向太空港》时就已形成了。《飞向太空港》叙写的是中国“长征三号”火箭发射美国“亚洲一号”卫星的故事。这样的题材在当时极易写成高度意识形态化的主题，但李鸣生显然并没有为思维定式所囿。有作品“题记”可证：“谨以此书，献给创造空间文明、寻找人类新家园的航天勇士们！”这里所说的“空间文明”为李鸣生首先提出，在作品后记《天空让人想起使命》中，作者对此有具体的阐释。这篇后记中，作者从容地挥洒着沛然的才情，演绎着飞天想象的迷人：在宇宙文明的时代，“也许，宇宙公民们还会从各自的星球走来，手牵着手，肩并着肩，欢聚一堂，嬉笑打闹，谈天说地。而地球人回忆的话题一定是：在很久很久以前，我们如何艰难、痛苦地挣扎在地球上”。这不只是凌虚的想象，更有对科学逻辑的预知。李鸣生认为：“从区域文明到地球文明，从地球文明到星际文明，从星际文明再到地球文明，应该是一个无法抗拒的自然规律。航天时代带来的宇宙意识，导致了人类认识的飞跃，从而把人类的思想与情感引升到一个辽远而广阔的大境界。”这一表述中所包含的卓异的宏大思维，表明了作者思维的开阔与大气。而正是这样的思维建构，促成了《飞向太空港》得以大起高开，使李鸣生此后能以高水准的创作在充满竞争的报告文学领域中步履稳健地登堂入室。

《飞向太空港》的主题不只是此类题材通常会有的爱国主义精神。它的主题是复调式的。作者将中外航天合作置于中国改革开放的大背景之中，《周游列国的中国专家们》等章节极其真实地反映了开放之初始，人们在观念、能力、文化以及适应国际规则等方面所面临的种种问题。从这一点而言，这部作品可以说是为中国的开放史留存了一段生动而珍贵的侧影。而更富创意的是作者基于空间文明的思想，将不同文明的交流设置为一个叙写重点，以开放、包容的姿态，使作品超越政治叙事，建构起一个更为宏大的文明叙事。作品共六章，其中第四章《火箭，另一个伟大的文明》、第五章《我们都是地球人》和第六章《跨越国界的飞行》都直接关联了不同文明交流的叙事。正如作品中作者在与美方技术专家交流时所说，中美火箭与卫星的合作，“不单单是一次空间技术的合作，也是两个民族、两种文化、两种感情的一次交流与沟通；不光是发射一颗卫星，也是中美两国科学家在一起共同创造空间文明。因为开发宇宙，造福人类，是全人类的共同使命”。这里给出的正是《飞向太空港》的核心价值。李鸣生在《中国“长征号”》中有一段关于“长征号”意义的表述凝练而到位：“‘长征号’其实就是中华民族的一种象征，它象征着力量，象征着智慧，象征着精神！‘长征号’从封闭走向开放、从靶场走向市场的历史，就是中华民族从传统走向现代、从国内走向世界的历史；‘长征号’与世界接轨的历史，就是中华民族与世界融合的历史。”我想，这一表述用于对《飞向太空港》多维主题的解读，也是非常合适的。

如果按照“主旋律”作品的写作制式，李鸣生的《澳星风险发射》自然无法进入“主旋律”的“轨道”；而若是按照“问题报告文学”的写作要求，则这一作品需要设置为“批判”的模式。《澳星风险发射》由作品题目就可知晓所写重心，但这里的“风险”并不是作为一种“问题”来作否定性报告的。航天是一种高风险的科技，因此，失败也是航天史的一种真实。作者将1992年3月22日“澳星”发射失败视作一种客观存在，以一种中性的叙事立场，在中国航天文学中第一次直面失败，并对此作全展式的报告，“本来，人们对那个春天的夜晚寄予了再大不过的希望。结果，那个春天的夜晚回报给人们的却是天大的懊丧和无尽的遗憾；中华民族的自尊心受到了空前的刺激，火箭子孙的感情遭到了莫名的戏弄”，“失败似一道无形的阴影，笼罩在发射场的上空；失败像一个看不见的幽灵，潜伏在人们的心底”。作品以真实而很有故事性的叙写，凸显了极具中国特色的失败心理和失败文化。但显然，李鸣生并不是因为“懊丧”与“遗恨”而言说失败，而是因为真正领悟了诗人惠特曼所说的“当失败不可避免时，失败也是伟大的”的深意。作者以为：“一个民族，如果不光会欢呼成功，而且还能正视失败、接受失败、超越失败，甚至达到一种欣赏失败的境界，那这个民族该是多么地伟大而不可战胜啊！”由此，作品既展示“澳星”发射失败后种种中国式的反应，也不吝笔墨实写了中国航天人艰辛负重、超越失败的壮美精神。这样颠覆常规的写作，在当代中国报告文学史上也是少数的典型个例。作品这种有意义的立异，正是建立在作者独立思想、独立写作的基础之上的。从这个角度而言，《澳星风险发射》是有思想非虚构的一个典型样本。

如果我们仅仅关注创作了航天及其他高科技题材作品的李鸣生的存在价值，是不够的，也是不完整的。我们还应当关注他的另一部作品——《震中在人心》，关注这部作品的写作怎样“避免概念化，避免传统的主流叙事”，又怎样将“传统的‘主流’叙事转化为作家个性化的作品叙事”[①]。李鸣生的这一表达实际上涉及了公共的“主流叙事”和作家个人的“作品叙事”这个重要的话题。真正的报告文学需要作家在面对重大的公共写作题材时，善于将新闻写作常设的“主流叙事”有效地转化为文学创作别异的“作品叙事”。这里的“作品叙事”，就是基于主体独特感受、独立价值判断、独立思想的具有个人色彩的非虚构的文学叙事。在这一点上，《震中在人心》尤显其意义。这部取材于汶川特大地震的作品，在第五届鲁迅文学奖终评中以名列第一胜出。有意思的是，在初评时因为作品思想的某种“异调”、主题的非主旋律而差一点遭淘汰出局。这是很值得我们思考的。我们需要反思何为地震非虚构作品的终极价值。我以为钱刚的《唐山大地震》和李鸣生的《震中在人心》，在某种角度上对此作了例说。《唐山大地震》就是一部具有多功能的皇皇之作，它“是作者为今天和明天的人类学家、社会学家、地震学家、心理学家……为我们整个星球上的人们留下的一部关于大毁灭的真实记录，一部蒙受了不可抵御的灾难的人的真实记录”[②]。《震中在人心》不仅有通常的对抗震救灾的感人场面的描写，

① 《李鸣生在〈千古一梦〉研讨会上的发言》，中国作家网 2009 年 5 月 22 日。

② 徐怀中：《唐山大地震·代序》，《解放军文艺》1986 年第 3 期。

而且更有对人类遭遇重大创伤的生命之痛的感悟，还有对地震灾害作出的深刻反思。作品不仅观照地震的视角独异，而且在情感与思考的深度上超越了同类作品。作者曾说，“面对灾难，作家不应缺席；面对死亡，文学不该沉默”。大地震的写作有很多可能性，应该有对一方有难、八方支援，以人为本、抢救生命等主题的表现。但大地震终究是对人类的重创，因此大悲悯应该是此类写作不可或缺的元素。“我只为真相，只为实情，只为血印，只为泪痕，只为记录，只为见证。我不想把废墟变成大厦，把悲剧变成喜剧；我不想把谎言变成真理，把哭泣变成歌声；我不想把反思变成庆典……公示汶川大地震灾难的真相，传递废墟的气息，留下亡灵的心声，定格人心的表情。”正是有了这样的思考，作者不仅独异地摄取地震的镜头，而且在叙事处理、情感书写和思考深度以及批判性等方面超越了同类题材的作品。

有思想的非虚构，需要达成报告客体的本真、呈现主体自我的元真，从而实现报告文学文体有自我且真实的文体性。真实是报告文学的生命，是其文体力量生成的支点。报告文学的真实说到底需要作家独立地思考和判断，不违心，不唯上，不唯书，不唯权威名家，而能唯实，尊重并敬畏叙写对象本身的历史存在。作为一个有思想的非虚构作家，李鸣生是严格持守这样的写作原则的。其作品里有一个关于钱学森的个例可以说明这一点。钱学森是名满世界的杰出科学家，“钱学森的脑袋比一般人的大，略呈方形；尤其是额头，非常宽阔，而且发亮。你很难说清他的脑袋具体哪点与众不同，但给你的印象就是与众不同，似乎藏有一座智慧的金山，又像装着一组成功的密码，满脑袋都长满了天才的花朵与知识的森林，甚至连每根头发丝都像是一棵智慧的大树”。（《走出地球村》）可是就是这样的科学家，当年却坚持航天飞船“五人舱”的设计主张。“钱学森解释说，这五个人的分工是：一个是指令长，一个是航天员，一个是随船工程师，一个是随船医生，再加上一个政委。”（《千古一梦》）就是“再加上一个政委”的极简叙说，意味无限地实写了当时中国航天发展的复杂的政治生态。尽管科学的“钥匙”可以开启政治的“后门”，但科技的研发需要盖上“政治的印章”。“再加上一个政委”并不是钱学森的非科学，而是政治异化下一种集体无意识的表达。这便是历史的真实，也是一个关于钱学森的真实的插曲。

三

研读李鸣生的报告文学，我以为他的最大优势，并不在于新闻性，而体现为作品思想性的整体生成和他对非虚构文学性的自觉追求。这是决定李鸣生报告文学写作能在较高水准上长期可持续发展的关键因素。而这对新常态语境中的报告文学写作，更具有切实的意义。所谓“新常态”，取自经济学界的一个热词，报告文学的“新常态”就是全媒体或融媒体的存在。全媒体时代的报告文学，它原有的“新闻性”红利大为减少，文体一般的新闻优势已不存在。这就需要报告文学基于非虚构原则，通过有深度有个性的思想表达和非虚构文学的美学建设，激发文体内在的活力，有效强化非虚构叙事的优势。

文学性不高，是制约报告文学作为审美文体而发展的一个重要因素，也是影响读者阅读的一个基本问题。尤其在全媒体时代，报告文学文体的新闻性优势已经失去，报告文学的写作并不能简单依赖新闻性，在此背景中，文学性的意义就显得特别重要。报告文学的文学性是什么？烦琐的学院派式的论证最终也许还是无解。在美国非虚构作家杰克·哈特的《故事技巧——叙事性非虚构文学写作指南》中，“叙事性非虚构文学”命题及其展开的思路，对于报告文学文学性的研究和达成，或许能给我们一些有意义的启发。

我以为作为一种叙事文学样式，将报告文学定义为“叙事性非虚构文学”，是符合这一文体逻辑的。报告文学是真实的叙事，小说是虚构的叙事，它们共同的要求是叙事。叙事构成报告文学写作的本体，它既承载着作品思想情感等价值表达，同时又是写作本身的重要目的。

李鸣生的作品具有强烈的叙事意识。《中国“长征号”》是中国火箭发射美国卫星的大叙事，作品以事件演化为叙事线索。这是作品建章的目录：第一章《怪圈》、第二章《变轨》、第三章《推销》、第四章《天机》、第五章《谈判》、第六章《碰撞》、第七章《发射》、第八章《草图》、第九章《保险》、第十章《贷款》、第十一章《合同》、第十二章《失败》、第十三章《检讨》、第十四章《发愤》、第十五章《官司》、第十六章《爆炸》、第十七章《阵痛》、第十八章《反省》、第十九章《雪耻》、第二十章《代价》。由章目设置可见，作者十分重视作品的叙事构篇，贯穿其中的线索主干清晰而又跌宕曲折，故事性很强，对读者别有一种牵引力。《发射将军》是一部人物报告，作品以“发射将军”与发射相关的人生历程为叙事线索，具有某种纪传体的特征。作品从第一章《军委令》将主人公由战场奉调至发射场作为故事的发端，以人物离休生活“晚年赋”作结，突出了“故事性”人物的叙事。吸引读者的是将军的传奇和在传奇中蕴含的伟大精神。

一个叙事优化的文本，首先需要建构一个与之适配的叙事结构。李鸣生能根据客体本身内在的逻辑和主题思想表达的需要来配置这样的结构。《走出地球村》写的是“东方红一号”卫星飞天的故事。卫星的研制动议于1958年，发射成功在1970年。这是一个具有特殊的政治生态的时期。根据这样一种特殊的存在，作品设置卫星叙事和政治叙事双线叙事结构。政治叙事在《走出地球村》中是充分的，从开篇“苏联第一颗卫星上天，艾森豪威尔总统手中桥牌落地”，到“美国人造‘小月亮’挂到天上，周恩来午夜拿起直通毛泽东的电话”，一直贯穿到收结“卫星功臣登上天安门”。而“‘小弟弟’找‘老大哥’学放卫星”“忍着饥饿的肚子，中国从八公里起飞”“‘东方红一号’人造卫星方案诞生”“马灯前钱学森坐卧不安”“火箭司令神游戈壁”等则为卫星叙事。这种双线并置反映的正是“东方红一号”卫星的一种特殊的历史真实。这样的安排一方面强化了对科学家忍辱负重、刻苦创造、献身科学光辉形象的再现，另一方面对非科学的政治对于科学的干预、对于科学家的摧残，进行了深刻的反思和批判。

一般来说，李鸣生的报告文学叙事构架是宏大的，这是因为叙事对象具有先在的宏大性。但是单纯的宏大无法抵达文学叙事所需要的细部深层的景致，宏大叙事需要有具体叙事作坚实的支撑。李鸣生也有作品如《发射将军》，表面看不是宏大题材，书写的只是某个人物。但对于这样的作品作者并不就小写微，而是注意将人物推置时代与历史的宏大背景中加以表现。在历时演进的纵轴上融合将军的个人叙事、导弹部队的集体叙事和共和国历史的大叙事。作为文学的非虚构叙事，在李鸣生报告文学中大叙事与小叙事是相生的，而小叙事的核心则是具体的人物叙事。“叙事需要三大支柱：人物、动作和场景。排在第一位的是人物，因为人物能够推动动作和场景的发展。”[①] 对于人物叙事的意义，李鸣生是充分认知的。他说自己的作品“希望通过人物把我们的历史，一个非同寻常的历史写出来”[②]。李鸣生把人物作为历史叙

① 杰克·哈特：《故事技巧——叙事性非虚构文学写作指南》，第 74 页，叶青、曾轶峰译，中国人民大学出版社，2012 年。

② 《李鸣生在〈千古一梦〉研讨会上的发言》，中国作家网 2009 年 5 月 22 日。

事的要素，而在我看来人物就是历史的本身，作者笔下的许多人物，航天人、科学家等，正是他们创造了作者叙写的历史。不仅如此，作者再现的人物，许多是中国脊梁式的人物而又具有常人情怀。作品的感染力来自于这些走近读者的真实而感人的人物。

李鸣生报告文学的人物叙事，颇多性格叙事、精神叙事。《中国863》是一部题材重大的长篇，作品首章《悄悄发生的革命》格局甚大，由美国“星球大战计划”、欧洲“尤里卡计划”、日本“振兴科学技术政策大纲”叙述领起，导出中国的“863计划”。这是典型的宏大叙事。以后的全部篇幅从第二章到第七章都为具体的人物叙事，其中第二章《科委来了个“厉害的老太婆”》，是作品重点写作的一章。“厉害的老太婆”是朱丽兰。“厉害”是其作为管理者的主导性格，改革创新，敢于担当。但作品没有将她写成一个单面的概念人物，而是运用细节集成的方法，还原朱丽兰既“厉害”又和蔼；既是工作狂，又会理发、织毛衣、弹钢琴的圆形立体的本真。而李鸣生航天系列中的航天人的形象，是最烙印在心底的、难忘感人的。作者叙写这些人物，不只写他们的科学智慧、科技才能，而更重于对他们作精神性叙事。赵廉清是创建西昌发射场的指挥者，在非常年代，知其不可为而为之，积劳成疾。他留给这个世界最后的镜头是：“他手上紧紧揣着一样东西。这样东西不是别的，就是他生前一直随身携带的那个军用挎包！而护士打开挎包后，只看见两样东西：一份皱巴巴的施工图纸，一个被啃了小半的冷馒头！”（《千古一梦》）从这样的细节中我们可以看到，一个瘦小羸弱的生命里，升华出一个伟大的精神形象。

四

故事是什么？乔恩·弗兰克林在《为故事而写作》中为我们给出了“定义”之一：“当人物遇到错综复杂的情况，而他又不得不面对和解决时，行动就发生了，故事正是由一连串这样的行动所构成的。”[①]这一表述中关键词是冲突，是矛盾。故事存在于冲突、矛盾之中，冲突、矛盾推衍出故事。非虚构的报告文学作者无法依靠想象力制造故事，但是他可以从对真实客体冲突、矛盾的存在中，选择并呈现其中的故事。李鸣生说，在他的作品中，“我希望呈现大的矛盾”[②]。《走出地球村》中有极“左”政治与卫星科技的矛盾，《中国“长征号”》中有开放与保守、体制与市场、国力基础与航天发展、中外文化等之间的矛盾，航天人存在的价值就是“面对和解决”“错综复杂”的矛盾冲突。这些形成了李鸣生叙事的基本构架和基础。这样的矛盾构篇也决定了李鸣生报告文学叙事的丰富性和复杂性。在总体的矛盾叙事基础上，作者再相宜地采用悬念式叙事方法，就更有效地强化了作品叙事的故事性。悬念不是虚拟的，而是实际发生的状况，也是航天高风险的一种表征。作品一环扣一环的悬念叙写，渲染了其时其地其情的紧张感。而报告文学所需的现场感就在这紧张感之中，特别扣人心弦，使人身临其境，强化了故事性叙事对读者的吸附力。

李鸣生报告文学的叙事方法是富有变化的，他能根据不同的报告对象运用相应的方法。在他的作品中读者可以分享到多种叙事艺术所

---

① 杰克·哈特：《故事技巧——叙事性非虚构文学写作指南》，第6页，叶青、曾轶峰译，中国人民大学出版社，2012年。

② 《李鸣生在〈千古一梦〉研讨会上的发言》，中国作家网2009年5月22日。

产生的叙事之美。在《千古一梦》中，作者设计了“双声叙事”，即作者（采访者）叙事和人物（被访者）叙事的结合，特别是导入当事人的自述，以人物的亲历亲验，真实地还原出特定时空中人物和事件的现场情状。这是一份珍贵的活的航天档案。《发射将军》则注意在“实体叙事”中有机地穿插“软性叙事”。所谓“实体叙事”是指与作品主人公“发射将军”直接关联的主干内容的记写，而“软性叙事”则如对导弹部队饥饿、文艺生活极度贫乏等的叙说。《震中在人心》则是一部运用镜头观察和叙事的作品，“用镜头定格真相，让文字留下思考”，大量的照片极具视觉冲击力和情思震撼力，不只是为文字的叙述提供了直观的背景，而且照片本身也成为作品的一种独特的叙事元素，生成了超越文字的叙述力量。

五

文学是语言的艺术，报告文学也是。语言是作品思想的现实，也是叙事生成的工具，还是作为审美的报告文学的要素。报告文学创作中语言的问题，主要是缺乏主体鲜明个性的语言新闻化，另一个是小说化的语言絮叨铺张。李鸣生的报告文学大多为长篇，但语言凝练具有表现力，诚朴简约不过度藻饰，并且具有自己鲜明的个性，许多语言表达有意味、情味、趣味，有效地增强了他作品的文学美感。在这里，我不打算对李鸣生报告文学的语言艺术进行全面的解析，只就他的“智慧语言”和“软语言”运用之美作一解读。

所谓“智慧语言”，是指形象生动、意含新异别致、具有特殊表现力的语言。比如“已经点火的火箭竟然无视天下众生，老练得如同一位千岁老人，打个盘腿坐在那儿，连动都懒得动弹一下”。（《澳星风险发射》）写卫星发射的失败，作者用拟人化的手法形容，以独特的冷峻与幽默，写意地写出发射失败的状态和航天人的尴尬，用语非常新颖。作者以幽默笔法言说失败，正与作品正视失败、超越失败的主题相关。幽默的语言是典型的智慧语言。在李鸣生的作品中已不是偶尔为之，而是一种个性的语言景观。“在国际市场上，美国人早就大把大把地捞着美元，中国人为什么不能去弄点‘零花钱’？在国际空间俱乐部里，美国人可以大口大口地喝着‘咖啡’，中国人为什么就不能去喝上一杯‘清茶’？”（《中国“长征号”》）这一表达的语境是，对于中国航天进入国际市场，国内以为冒险，西方设置障碍。这里的美元与“零花钱”之喻，客观地表示中美航天科技实力和航天市场份额的差距，“清茶”之类意含走中国自己的航天发展之路。整体的表意是非常清晰的，就是中国应该进入国际航天市场进行竞争，只不过用“李式语言”表达，意味意趣就大不一样了。“已经欠着一屁股账的中国专家当然拿不出这笔钱来，他们只有一个价值连城的传家宝，这就是：自力更生！”（《中国“长征号”》）“一屁股账”与“价值连城”对举，极简地实写了中国航天发展的境况，高度凝练了中国航天的伟大精神。

李鸣生幽默的语言可分为“麻辣幽默”和“冷幽默”。“这一年，‘反右斗争’刚刚过去，‘大跃进’的旋风又骤然卷起，中国人像被灌了一桶大剂量的兴奋剂。”（《千古一梦》）“据说，两年前一所中学考试时，发生过这样一个故事——试卷问：爱因斯坦是谁？学生答：美国当代著名歌星。”（《飞向太空港》）这种幽默让我们无法轻松说笑，其间的麻辣唤起读者对非常年代的反思与批判；是对过度娱乐化，忽视科学世相的揭露和讽刺。“美国人把这条山沟称为‘神秘的峡谷’，而当地彝族老人则说：‘什么神秘不神秘，这山沟就是我们过去放羊的地方！’故此，当地人称‘赶羊沟’。”（《飞向太空港》）这样的文字可谓冷幽默，读起来会忍俊不禁。报告文学拒绝虚构，但它同样需要作家具有丰富的想象力。想象之翼可以飞扬智慧的语言。“世界各国许多中学的少男少女们，每晚相聚在迷人的星空下，像谈论童话似的，长时间不知疲倦地谈论着卫星、卫星、卫星。仿佛苏联的这颗人造卫星，成了他们嘴里一块永远嚼不够的口香糖。”（《走出地球村》）以“口香糖”喻说人类第一颗人造卫星发射后对各国学生的影响力，新颖生动，可意会，也可言说，体现了李鸣生语言表达的一种智慧。

软语可人，是我阅读李鸣生作品时的一种直觉。我这里无法给出“软语”的标准解释。所谓软语，是一种“闲语”，它不属于主干叙事，但与主干叙事有所关联；在表情表意方面偏于柔细，静安之中，可入情入心。“将军家的院门是双扇的大铁门，夕阳照在斑斑驳驳的门上，给人暖洋洋的感觉。每当这时，将军便坐在门外一张自制的小折椅上，像一位坐在长满颗粒饱满的庄稼地边的老农，静静地守候着儿孙们的归来。夕阳在他眼角的皱褶里绣着陈年旧事，时光在他花白的头上写着岁月沧桑。”（《发射将军》）将军从战场到发射场，军人形象刚硬，棱角分明。而此时进入晚景的将军没有了豪情、霸气，却有人间的亲情和慈祥。“夕阳在他眼角的皱褶里绣着陈年旧事，时光在他花白的头上写着岁月沧桑。”我们从诗一样的句子中，可以读出将军人生种种的况味。

李鸣生的报告文学有种种特点和优点，而我最为看重的是他的作品有思想，也很文学。有思想，也文学，这就是我所希望读到的报告文学。

2015 年 8 月 28 日

目　录

上　篇
随　笔

下篇

文论

上　篇

随　笔

天空让人想起使命

一

我要说的，是天空。

先做一个假想：假如有一天，天空突然坍塌，世界将会是一副什么模样？假如有一天，天空突然消失，人类又会是怎样的惊慌？

也许，人类真的有过天空坍塌的日子，不然怎么会有“女娲补天”的神话？也许，世界真的有过没有天空的岁月，要不怎么会有“盘古开天地”的传说？

没有天空的日子，人类究竟熬过了多少世纪，而今恐怕已经没人说得清了；但没有天空的日子一定很悲惨，我想应该是可以肯定的。想想吧，茫茫苍苍，混混沌沌，江河泛滥，群山倒立，空间爆炸，时光倒流。没有云彩，没有太阳，没有星星，没有月亮，当然也没有足够的空气。人类在黑暗中爬行，在冷风中哀嚎，在洪水中挣扎，在地火中哭喊……昏暗中一切的一切，没人看见，无人知晓，甚至连上帝也装聋扮瞎。于是可怜的人类哟，从此落下了孤独、郁闷、痛苦的病根。

好在后来有了天空。

有了天空，人，才从天地间的夹缝中站了起来，伸直了腰，抬起了头，睁开了眼，迈开了步，从此得以顶天立地，结束了如动物般爬行的历史。

于是，因了天空和天空下到处乱窜的人，孤独的地球才开始变得有意思起来。

二

我第一次见到天空，是三岁。

那是一个后来才知道叫“漆黑”的夜晚。我想吃奶了，便独自跑到路口，望着黑色的远方，苦苦盼望着母亲的归来。后来我睡着了，再后来又醒了，这才发现自己歪倒在地上，小屁股下竟长出一朵朵野花和一棵棵小草。就在这时，我睁开眼睛，看到了一个从未看到的世界：迷迷茫茫的夜空，像个好大好大的锅盖；一颗颗挂在上面的星星，就像母亲的奶头。

这是大自然赐予我的第一个想象，也是我对星空刻骨铭心的初恋。从此，我与星空便有了不解之缘。所谓“情结”这东西，便在我的心底根深蒂固地埋藏下来。

我的童年和少年，便是在天空的引诱下度过的。那时的我，最喜欢看的便是天空；而我能够和可以看到的，亦只有天空。因为天空慷慨大方，天空大公无私，天空看者不拒。富人可以看，穷人也可以看；大人可以看，小孩也可以看。天空不讲特权，不开后门，白天夜晚，人人平等。而最关键、最划算的是，看天空既不要门票，也不查证件，还不掏一分钱。这对我这个腰无半文而又调皮捣蛋的孩子来说，自然是件再幸福不过的事了。

儿时的天空在我的眼里像本童话，一有空闲我就会抓紧阅读。不过，这本“童话”于我只是一种兴趣、一种依恋。当然，感觉还是有的。比如，早上的天空我读到的是清新，中午的天空我读到的是温暖，晚上的天空我读到的则是梦幻。至于天空那些变幻莫测的传奇、稀奇古怪的故事，我就怎么也读不出来了。

许是上帝的意思，我刚刚告别少年，便穿上军装，鬼使神差地闯进了而今闻名天下的中国卫星城——西昌卫星发射基地！

天空，离我似乎一下近了。

但，那时的西昌发射场还是一片原始的荒凉。我的青春在那原始的荒凉中熬过了十五个春夏秋冬。在那十五个孤独苦闷、苦不堪言的春夏秋冬里，有足够的理由让我坚持活下去的，便是天空。

记不清了，不知有多少个失眠的夜晚，我或坐在树下，或靠在岩壁，或躺在草上，或站在发射场——通向宇宙的门前，望着星空，久久犯傻：悠悠时空，人类从何而来？茫茫宇宙，人类又将何往？这天，这地，还有这人，究竟他妈的是怎么回事啊？

后来，随着日子的流逝，火箭的升腾，天空在我眼里不再是一本童话，而像一册厚重的历史、一本自然的原著、一部神秘的天书。渐渐地，我开始读出点内容来了。

我曾无数次注视过高山、草原、森林、大海，然而诸如此类的任何一次注视，都远不如仰望天空来得痛快，来得复杂。在我的感觉中，天空如同一个迷宫，锁藏着不可传说的故事；天空像一座大坟，埋葬着永不外露的神秘。天空让我感到无比亲切，又不可把握。她既复杂，又简单，简单得就像一个大〇。而大〇就是大无，大无就是大有。——这是怎样一种大哲学和大境界哟！

于是，每当我伫立于星空之下，仿佛不是在看天，而是在与上帝对话，在和外星人约会，在对宇宙审美。天空宏阔辽远，天空意象沉雄，天空深情而伟大，天空高贵而富有。望着天空，我仿佛能触摸到生命的宽广，人生的悠长；能感受到时空的流逝，万物的生长；还能听到大自然的箫声从远古的岸边徐徐荡来，在耳边久久回响。天空既让我体悟到一种男人的博大精深，又让我享受到一种女人的万种风情。一望着她，我就感到好像自由没有限制，美丽没有边缘，人生没有死亡。于是浑身颤栗，血液奔流，恨不得一头栽进她的怀里，甚至连灵魂也忍不住要为她下跪。

不信你瞧，天空就那么大大方方地挂在那儿，任你观望，任你玩味，任你探究，任你欣赏。面对天空，你可以哭，可以笑，可以喊，可以叫。总之无论你怎样，天空都会宽容地接纳你的一切——哪怕是粗暴的爱乃至敌对的仇视，她都不会有一点脾气。只要你用心去看，相信总有一天你会忍不住说，天空长得真有风度，天空大得真有内容。

感谢上帝的馈赠，十五年的发射场生活，使我比一般人更有条件看到天空，也更有机会随着火箭卫星的一次次升腾，对我们居住的这个星球以及顽强地活在这个星球上的同类进行立体的思索，从而改变了我跪着看待人生的姿势，获得了一个与众不同的审视世界的角度。

三

的确，天空再伟大不过了。

天空苍苍茫茫，万古不语，她留给人类的遗产，全是一个个闪着金子般光芒的谜团。从古至今，人类一直为她所吸引、所困惑，也为她所倾倒、所迷醉。她那无边无际的天幕上挂满的，尽是祖爷爷们无数个大大小小的“天问”！

难怪有人说，当人类眼睛与天上的眼睛（星星）相互注视时，人类智慧的火花便诞生了。

是的，大自然想了解自己，便把这个任务交给了人。打开人类发黄的历史画卷，不难发现，各民族的古代神话、古代农业文化、宗教文化以及各类艺术文化，无不源于对天空的注视。一册《周易》千古流传，辉煌不衰，是作者观天取相的结果；一部《天问》惊心动魄，流芳百世，是屈翁倾心天国的收获。正是大自然的神明之光，孕育了人类辉煌的古代文明；亦正是天空热情的太阳，温暖了人类沉郁的思想。难怪两百年前德国著名的思想家康德说："世界上有两样东西深深震撼着人们的心灵，一是我们头顶灿烂的星空，二是我们心中崇高的道德法则。"而一百五十年前德国著名的哲学家费尔巴哈也同样深有感触，他说："人只有靠眼睛才升到天上。因此，理论是从注视天空开始的。最早的哲学家都是天文学家。天空让人想起自己的使命。"

然而，随着人类文明的发展，科学技术的提升，人类的诺亚方舟渐渐背离了自然沉静大同的港湾，驶向了物欲横流的肮脏世界。

千百年来，纷争四起，炮火连天。人类俯首于尘世的喧嚣，纠缠于地产的占有，迷醉于计谋的玩弄，沉湎于权力的争斗，忙累于钱财的侵吞，贪婪于酒色的享受……渐渐地，自然的箫声隐去了，纯真的梦幻消失了，精神的境界萎缩了，神圣的信仰废弃了，甚至连头顶那片灿烂迷人的天空也视而不见了。人类被滚滚而来的物质文明压得喘不过气来，既直不起腰，也抬不起头，眼睛开始从天空跌落到了地上。

于是，人类开始变得心胸狭窄，鼠目寸光。而且，越来越远离自然，越来越自大狂妄；甚至目空一切，肆无忌惮，连自己居住的小窝——地球，也被折腾得破烂不堪，遍体鳞伤！

所幸的是，在我们这个地球村里，一直有人注视着天空。

四

人类飞天的梦想，一定是注视天空的结果。

因为人区别于猪的地方在于，总会不时地抬起头来仰望天空。

然而，地球每天自转一圈，对人类来说相当于每天行程八万里；同时地球又以每秒三十公里的速度绕着太阳旋转，对人类来说又相当于每天行程二百六十万公里；而太阳系每天又以每秒二百五十公里的速度绕着银河系旋转……那么想想看，载着人类的地球如此匆匆不停地旋转下去，有谁知道，这个既没出生证明又无固定住址的“宇宙流浪儿”，有一天会把人类抛到哪个角落！

幸好我们的头顶还有天空。天空中还有别的星球。

而人之所以为人，就在于敢向陌生、敢向无知、敢向神秘、敢向任何不可能进发的领域进发，就在于敢用智慧和力量去寻找、创造一个新的家园；而寻找、创造一个什么样的家园，当初上帝把地球交给人类时，没有文件。

1957 年，苏联的也是人类的第一颗人造卫星上天，拉开了人类寻找新家园的序幕，让人类看到了明天希望的太阳。而人造卫星上天这一伟大举动，恰好证实了爱因斯坦那句名言：“宇宙中最不可理解的事，就是宇宙是可以理解的。”于是，人造卫星上天这一伟大壮举向人类展现的，已不再是一个事实的世界，而是一个无限可能的世界。

因此，从区域文明到地球文明，从地球文明到星际文明，从星际文明再到地球文明，应该是一个无法抗拒的自然规律。航天时代带来的宇宙意识，导致了人类认识的飞跃，从而把人类的思想与情感引升到一个辽远而广阔的大境界。在未来的某一天，人类完全有可能在太空开拓自己的殖民地；甚至当地球文明与宇宙文明最终达到沟通与融合后，人类的脚步会荡遍整个宇宙！

到那时，我想人与自然已复归本体，宇宙文明的时代已经降临，航天飞机不过是人们手上的小玩具。人类已从自我设计制造的枷锁中挣脱出来，将那些写进现代哲学本本里的“孤独”“忧郁”“痛苦”“无聊”等，统统一扫而尽。也许，宇宙公民们还会从各自的星球走来，手牵着手，肩并着肩，欢聚一堂，嬉笑打闹，谈天说地；而地球人回忆的话题一定是：在很久很久以前，我们如何艰难、痛苦地挣扎在地球上。

可见，开拓天疆，走向宇宙，是人类再聪明不过的选择。这不仅是为今天活着的人们找到了一条希望之路，亦为后辈的儿孙们留下了能继续生存的机会。因此，从这个意义上说，在人类通往太空的路上，航天人的每个脚印，远比总统伟大！

1992 **年夏写于北京**

备上一份好心情

——写给青年朋友们

也许，是由于日子过得实在匆忙，让我们忽视了岁月的流逝；也许，是因为生命活得过于沉重，使我们忘记了季节的更替。冬的雪影尚未看个明白，春的脚步早已经悄然来临。

人生之旅，一如春夏秋冬，有风，有雨，有电，有雷，有花开花落，有云卷云舒，有寒冷如冰，有酷热似暑。尽管时间像条大河，生命于我们却只有一次。欢乐与忧伤，幸福与悲痛，爱与被爱，幸运与倒霉，时时伴随着他，伴随着我，也伴随着你。因此，面对人生，最重要的是，我们要备上一份好心情。

人生如同画板，应该选用自己着色。但实际情况往往是，我们渴望别人的，却丢了自己的；期盼梦想的，却忘了现成的；追求遥远的，却无视身边的。

贪婪，是一切罪恶之源。欲望，容易使人失去家园。在我们的生活里，每时每刻甚至每分每秒，总是闪烁着种种诱惑，让我们常常迷失在看似幸福实则痛苦的路上，而错过了能够身体力行并可以干得出色的那一份。在我们的每一个日子里，尽管沉重与失落、牢骚与遗憾，始终逗留在我们的心上；但摆放在我们面前的日历，却总是目空一切，谁也不顾地翻过一页又一页，直至翻完年年三百六十五页的最后一页。

古罗马哲学家普鲁·塔克说过，人生只有两分半钟：一分钟用于笑，一分钟用于叹，另外半分钟则用于爱。等到第三分钟，人便死了。

是的，活在这个世上的我们，既无法向明天借贷时间，也很难从帝王那里仿造历史，更不可能在虚假的花园里种植爱情。上帝死了，一切只有靠自己，也只能靠自己。在生命的原野上，无论你正值花季，还是已过中年，抑或临近晚秋，每一种年龄，都应播下一方景色；每一次选择，都该留下实实在在的结果。

其实，人生就是不断自我操练的过程，不断播撒苦涩种子又不断毁灭幸福果实的过程；而爱情，则是一道你总是想解却又永远解不开的方程式。你若欣赏你的美，你就得为他人奉献美；你若看中你的价值，你就得给这个世界创造价值。而奉献和创造，则是一件看似辉煌实则非常艰难甚至相当痛苦的事情。所以说，生命其实就是永远没有下班的办公室。

好像谁还说过，生命就像一把伞，每一把伞下，都有自己的天空。因此，只要你行走在自己的天空下，无论绚丽还是平淡，不管辉煌还是黯然，都是一种美，都属于你自己。倘若你能拥有一份坦然的心境和宽敞的胸怀去承受苦难，笑对人生，过去的伤痛便永远不会羁绊你的脚步，往日的遗憾也不会煎熬你的灵魂。真诚的你，无论选择怎样的活法，不管享有什么样的权利，或者拥有什么样的爱情，甚至遭到极其郁闷的挫折，都会一样沐浴朝阳，享有青春；都会一样仰望月亮，迎接黎明；都会在平凡与伟大、有意与无意之间，让绚丽与平淡、辉煌与黯然、追求与失落、欢乐与忧伤，始终与你相伴如初。

那么，每当新一年、新的一天来临，昭示着你走向明天、走向希望的时候，你何不扬起笑脸，备上一份好的心情？

1992年5月4日青年节

宁鸣而死，不默而生

——关于我的名字

不知道世界上有没有人研究人的名字，反正我觉得每个人的名字与每个人的命运，多少有点微妙，也多少有点关系。

我生在冬天，乳名冬生。上学时，父亲给我取名为李生明。父亲给我取名李生明，并非他随心所欲，而是由我的家族的辈分排序所决定的。我的家族的辈分排序是："学大生明远，文章必显才。……"所以轮到我了，该"生"字辈才是，父亲便为我取名李生明。

但上学第一天，不知何故，我却擅自将父亲取好的名字的顺序，随随便便就颠倒了一下。这一颠倒，李生明便变成了李明生。不过，小伙伴们都叫我李东生，而不叫李明生。

到了小学五年级，我又将李冬生改为李东升。虽李冬生与李东升仅一字之差，可野心不小——想取"东方红，太阳升"之意。很显然，这一字之差，既是典型的时代特征，也是典型的不知天高地厚。而正因为我的不知天高地厚，给学校和老师添了不少麻烦，以至于班主任老师每次集合站队时，都要点名批评我一句："好一个李东升，你是唯恐天下不乱，越乱越好啊！"

到了六年级，大概是读了几本古书，我又为自己的名字取了一个系列：姓李名东升，字文秀，号傲君。

“文化大革命”开始后，我小学刚毕业，年仅十一岁。可十一岁的我，第一个就给校长贴了一张大字报。这是我在“文化大革命”中的第一张大字报，也是最后一张大字报。而就在这张大字报上，我署了一个又是不知天高地厚的名字：李超华。

1971 年，听说“林副统帅”摔死在温都尔汗。这时的我还在念中学。当我听到这一消息后，又将李东升重新改为李明生。意思是告诫自己，一定要光明正大地生活！

十年后，我开始发表文字。有一天偶然读到了宋代政治家范仲淹所作的《灵乌赋》，其中一句“宁鸣而死，不默而生”的话，深深震撼了我的心，于是我又将李明生改为李鸣生。当时一个很幼稚的想法是，人之所以区别于其他动物，就在于人有自己的思想。有了思想就应该表达出来，如果不表达出来，烂在肚子里，那人和动物还有什么区别？倘若所有的人都不敢站出来说话，都不敢站出来表达自己的意见和观点，那人才岂不都成了奴才？

现如今的我，正值青年，却已经没了贪图虚名的念头，对自己和自己的名字已经看得并不重要了，而注重的是人生的实际过程。

然而对于写作，一如当年对自己的名字，我却依然怀有一种不满。这种不满，也许是一种催我不断进步的动力，也许是一座埋葬自我的坟墓。不管结果怎样，我将依然故我，一如既往地写下去。

当然，选择写作，也许不是我的过错就是上帝的误会，如同有人所言：“只有什么都干不了的人才当作家。”

不过，我只想补充一句：“除了写作，我什么都不愿干。”

既如此，那就再干干看吧。

1994 年 6 月 22 日

疼爱女足

这个世界，肯定再没有比战争更令人厌恶的了；但这个世界，恐怕再也没有比战争更引人注目的了。

是的，这是一个悖论，一个千百年来人类从未摆脱也无法摆脱的悖论。因为无论是令人厌恶的战争，还是引人注目的战争，一旦从我们生存的这个地球突然消失，无聊的人类一定会多多少少感到缺了点什么。

也许正如此，便有了足球。

在和平的阳光照耀下，一场足球比赛，与战争无异。它与真正的战争最根本的不同点，就是敌我双方使用的，都是同一颗“子弹”——足球。所以在我看来，一场足球比赛，其实就是一场战争，一场被人类仿造、复制出来的战争，一场人类自我表演、彼此玩耍的战争——球员们满足了征服的欲望，球迷们享受了精神的刺激。

不少人都爱看足球。我和不少人一样，也爱看足球。作为一介书生，空闲时看看足球，是我生活中唯一的业余爱好。

不过，我看足球是近两年的事，而且完全是受儿子的影响。儿子是个小球迷，国安队的小球迷。他的房间里到处贴满了中国的和外国的球星们的大幅照片，床底下塞满了好几个已经被他踢破的和快要踢破的足球。我开始不看足球，也反对儿子看足球；反对儿子看足球，是怕他只看足球而不做作业。直到后来有一天，儿子看完一场国安队大比分失利的比赛后趴在床上痛哭流涕，我才理解了儿子，同时也理解了足球。

从那以后，我便开始看足球，准确地说，是看男足。每看一场，我都像在看一部充满悬念的小说，或令我狂喜，或使我悲伤，或让我叫好，或惹我骂娘。这些“小说”不乏精彩之处，平庸之笔当然也不少，且翻来覆去，都是男人折腾男人的游戏。而不少游戏，还相当低级。

然而，1996 年 8 月 2 日这天，我却看到了一场世界最高水平的足球——中美女足奥运会冠亚军争夺赛。这场球看得我惊心动魄，看得我热泪盈眶。未等比赛结束，我就想宣布：1996 年 8 月 2 日，为中国女子足球日！

原因只有一个：中国女足，实在太苦了！

是的，中国女足的姑娘们顶风冒雨，漂洋过海，一路冲杀，终于杀上了世界最高规格的擂台！在亚特兰大那可容纳八万三千多人的体育场里，在美国用人墙围起的地盘上，面对世界最强硬的对手美国，她们没有畏惧，没有胆怯，没有退缩，有的只是奔跑、追赶、拼抢，以及那决胜千里的勇往精神和压倒一切的女儿风范！当高红那无比勇猛的身子在网前飞身滚动时，当孙庆梅那伤痕累累的双腿在场上奋力奔跑时，当 5 号姑娘被无情的担架抬出绿茵场时，当失败的泪水从姑娘们的脸上雨水般淌下时，我所看到的，哪里是一场足球赛哟，分明就是一场战争，一场体力与毅力、肉体与精神、搏斗与拼杀的战争，一场不是你输就是我赢、不是你死便是我活的战争！

而面对这场战争，我就像看到了一部精彩的世界文学名著，从开篇的第一页，看到结尾的最后一句。看得我时而高声喝彩，时而仰天长叹，时而心惊肉跳，时而热泪横流。

然而非常遗憾的是，当“独裁者”一声长哨呜响时，中国女足最终被宣判失败，未能赢得这场战争。

那一刻，不知什么原因，我忽然想到了花木兰，想到了穆桂英，想到了十二寡妇征西，甚至，我还想到了一路流泪流血最终却喊冤而死的西路女红军！

女人是什么？是鲜花，是绿草，是温柔，是美丽，是这个星球一切美好的代名词！她们本是为了爱和繁衍后代才来到这个世上的，然而，那本是男人对阵较量、厮杀拼搏的球场，为何成了女儿们流汗、流泪、流血的战场？当中国需要同世界在足球场上决一雌雄、一争高下时，挺身而出的为何不是中国男人坚挺的雄姿，而是华夏女子柔弱的倩影？中国怎么了？是哪儿出了问题？中国男人怎么了？是哪儿出了毛病？今天的中国，莫非真的到了当年十二寡妇征西的地步？今天的中国男人，难道真的到了要到电线杆上去寻找“根治阳痿”秘方的时候？

诚然，中国女足输了，让人心疼，也委实令人遗憾。但在我看来，这已经不重要了，重要的是她们已经登上了最神圣、最高贵的世界足坛，实实在在地取得了属于她们自己的那一份或赢或输的权利。而我们的男足呢，可怜啊，别说赢，连输的资格都没有！

我听说，中国女足的月工资还不到八百元，而男足的月收入则高达八千乃至十万元！但二者在球场上的表现，却是如此地相去甚远！这说明了什么？又在警示什么？

我无意在此指责中国男足，但一个不容争辩的事实是：在和平阳光照耀下的亚特兰大足球场上，当东方的中国亟需在世界面前展现智慧与力量、精神与风骨时，挺身而出的是中国的姑娘而不是中国的男人。那么哪个中国男人好意思不红着脸说，这不是中国男人的悲哀？这不是中国男人的失职？

对此，我愿以一个男作家的名义，对中国女足的姑娘们真诚而歉疚地说上一声："对不起，女足姑娘们，你们受苦了！"

1996年8月2日匆笔

我的作家梦

一

大凡活着的人，都会有自己的梦想。

当作家，大概是我十岁就有的梦想。

这个梦想如今想来很是可笑，不可思议，甚至让我至今都觉着是个谜。

我祖上三代可能都是文盲。我母亲是位勤劳的家庭主妇，聪明能干，记忆力超人，一贯喜欢做善事。遗憾的是，斗大的字不识一个。我的父亲是个普通的工人，同样有一个聪明的脑袋，且老于世故，深谙人事，无论是社会阅历还是处世经验，都十分丰富；尤其是对人世间的风云变幻、暗道机关，总有自己敏锐的洞察和深刻的见解。然而同样遗憾的是，父亲除了儿时在私塾混过几天，也从未正儿八经上过一天学。

因此，我正直善良的父母，除了从小教我怎么做人，给了我一个健康的身体外，在文学上绝对没有给我任何帮助，至多是小时候父亲给我念叨过几段《增广贤文》而已；此外就是父亲让我练毛笔字，一旦发现偷懒，便让我跪在地上，用竹板抽打手心。在如此重罚下，我不得不老老实实地写字。

其实，我十岁前的理想是当一名医生。但有一天看到了鲁迅先生的一篇文章，说他开始想当医生，后来发现医生只能给人治疗身体的疾病，而不能解除人心灵上的痛苦，就改变初衷，当了作家。我觉得鲁迅先生说得有理，便学鲁迅，把原来想当医生的理想改成了当作家。而就在此后不久的一天，我又偶然翻到了《红楼梦》，发现生活中的一点狗屁事儿居然被那个叫曹雪芹的人写得有声有色，于是“作家”更是成了我心中的神！

但真正促使我要当作家，还是因为后来发生的一件事情。

二

我小学毕业时仅十一岁。当时，红卫兵大串联的热潮已在全国掀起，我便拉扯起一帮同学，组成了一个“长征队”，并自任“长征队”队长，而后带着二十二个男女同学，加入如火如荼的大串联的行列，开始了我的“十一岁长征”。

大串联归来后，满怀“革命热情”的我，以“李超华”的笔名第一个给校长刷出了大字报，拉开了学校“复课闹革命”的序幕。接着，年幼无知、狗屁不懂的我又被同学们推举为红卫兵兵团的政委。而这次“革命”的结果是，考试一向名列前茅这次同样考得相当不错的我，和另一名跟着我一起闹“革命”的同学，竟成了“备取生”！所谓“备取生”，就是准备录取但未必录取的学生。换句话说，就是想录取你就录取你，不想录取你就不录取你。看到这样的通知，小小年纪的我第一次感到了人世的不寒而栗。我以为我上学的权利从此已被剥夺，不料开学前又意外地接到了入学通知书。后来我才知道，这是权力对我发出的第一次警告！为此，我的那位同学赌气发誓再也不读书了；而我，同样因为赌气，则硬着头皮咬着牙还是进了校门。想法是：不让我读书，我偏要读书，而且一定要读出个样子来给那些不准我读书的人看看！因为从小便喜欢读历史故事的我，这时已经读到了韩信受胯下之辱的故事。于是“大丈夫能屈能伸”的思想，便坚定地支撑了我弱小的心灵。

但在那“舍得一身剐，敢把皇帝拉下马”的年代里，不知天高地厚的我依然本性难改我行我素，坚持沿着“伟大领袖毛主席”指引的“革命方向”继续“革命”。结果，年仅十三岁的我，在学校几百人的会上遭到批判。其中一条错误，就是不坚持每天向伟大领袖毛主席“早请示，晚汇报”，还常常不好好做毛主席语录操；同时还被罗列了二十多条“罪状”，比如“为刘少奇翻案”“想带知青暗杀武装部长”“小资产阶级思想严重”“喜欢和‘牛鬼蛇神’在一起”，等等。其他“罪状”我都感到莫名其妙，但“喜欢和‘牛鬼蛇神’在一起”这一条却是事实，因为那时的我真的感到，“牛鬼蛇神”都很有文化。比如我在我父亲工厂的一个“右派”家里，居然第一次见到了马克思的《资本论》，当时就让我瞠目结舌！

于是从这个时候起，我第一次感受到了世界的黑暗和人生的可怕，同时瞬间也改变了我自幼对世界和人生的美好看法。因此，如果说“备取生”事件对我想当作家是一次强烈的刺激，那么受到大会批判这一来自政治上的打击，则促使我抱定了一定要当作家的决心。年幼无知的我以为，只要当了作家，就能对那些假丑恶的东西进行揭露，就能对那些专门整人的“当官的”进行清算，就能向社会讨回一个公道，就能为民请命替天行道，就能给那些长期受欺受压受苦受难的老百姓鸣冤叫屈说话壮胆！

也就是从这个时候起，我的性格开始发生了变化。过去的我天性开朗活泼，敢说敢言，敢作敢为，无所顾忌，是个出了名的调皮捣蛋的家伙，以至于我至今都记得小学班主任老师每次集合站队时都要训斥我的一句话：“好一个李东升（那时我叫李东升还不叫李鸣生），你是唯恐天下不乱，越乱越好啊！”可从那以后，我变得沉默寡言了，少年老成了。用今天社会学家的话来说，开始了由个性的人向社会的人的默默转化。

这一时期的我，虽然仍在学校念书，却从不好好听课，“国家大事”也不再关心，而整日陷入“两耳不闻窗外事，一心只读圣贤书”的自我陶醉之中。为了实现当作家的梦想，白天我躲到校园外独自读书，晚上我用被子堵住窗户偷偷读书。不管是历史的，还是文学的；无论是中国的，还是外国的，凡是被当时说成是“黄色的”“反动的”书，我都怀有一种似乎是天生的兴趣，想方设法也要找来偷看。甚至连当时在全国遭到批判的国家主席刘少奇的《论共产党员的修养》，我也在床底下偷偷藏了七年，直至我当兵离家前夜，才偷偷扔进了垃圾场！尤其是当“破四旧”的烈火在漆黑的夜晚放肆焚烧书籍时，我想起读过的秦始皇“焚书坑儒”的故事，竟置熊熊烈火于不顾，斗胆偷着从火堆里去抢书！

于是这一时期的我，嗜书如命。什么《三国》《水浒》，还有《三侠五义》《七侠五义》等古典名著，以及一些历史人物传记等，读得如痴如醉；唐诗宋词，也爱不释手，且一边抄写背诵，一边模仿着写格律诗。我整日与书为伴，夜夜同古人交谈。尘世离我渐渐远去，古书成了我唯一的精神支柱。为了追随古人，我还给自己的名字取了一个系列：姓李名东升，字文秀，号傲君。或许正是受了中国传统文人的影响，加之我天生孤傲，个性极强，帝王思想严重，故从小学六年级起至高中毕业，老师在我的期终评语一栏中填写缺点时，都要写上两个字：清高！

可笑的是，我第一次见到“清高”两个字时，连什么意思都不知道。后来“清高”演变成了“骄傲”，甚至“狂妄”，让我在后来的日子里吃了不少苦头。于是“骄傲自满，狂妄自大”，成了我青少年时期一个沉重而又莫名其妙的精神包袱。我一直想卸掉，却怎么也卸不掉，以至于我至今还常常告诫自己：可以随心所欲作文，但得夹着尾巴做人。

现在回想起来，这一时期对我影响最大乃至影响我一生的，是屈原。在中国的所有作家中，对我的思想影响最大的只有两个人：一个是古代的屈原，另一是当代的鲁迅。不知何故，对屈原的《离骚》我有一种天然的亲近感和通悟感，第一次碰到它，就如同触电一般。但年仅十三四岁的我基本看不懂。我便逐字逐句地将它抄在本上，然后逐字逐句地去查字典，再逐字逐句地把注释写在旁边。后来好不容易找到了郭沫若翻译的《离骚》的白话文，才让我开始渐渐走近屈翁，直至最后一头醉倒在屈翁的怀里再也不能自拔。屈翁怀才不遇、惨遭流放的落魄心境与我当时受屈的心境一拍即合。于是我常常站在家乡的河畔，一边仰天长叹，一边遥想当年屈翁沿江而行的孤傲身影，心里还默默吟诵着屈翁《天问》中的诗句。结果，汨罗江之水在我心中始终流淌不息，屈翁忧国忧民的思想对我一直影响至今。而今我的人生品格和精神风骨的形成，我想盖源于此。

三

初中毕业时，鉴于世事混乱，父亲要我就业，说学一门手艺，管他国民党共产党，任何时候都有一碗饭吃。但为了能继续读书，我利用整整一个暑假，在父亲面前进行了一次惊心动魄的表演：我用十五岁的肩膀和手推车，每天去工地搬运上百斤乃至二百多斤的砖头，挣回一块人民币！同时我偷偷发动全家替我说情，并以哥哥姐姐的名义，伪造了一封劝说我父亲同意我上学的家信，最后父亲才勉强同意我上高中。

上高中后，我开始写一些短文，最喜欢的是写格律诗，并迷恋上了文言文，连写作文也用文言文。我的语文老师刘爱公多次让我改正，我却依然“之乎者也”，我行我素。老师只好在课堂上公开点名批评说：“李明生呀李明生（那时我还不叫李鸣生），你的作文写得很好，可我就不明白，中国早在‘五四’时期就提倡白话文了，你怎么还要坚持写文言文？”

1971年，林彪“九一三”事件突然爆发！此事深深震撼了我的心。如果说当年的“备取生”事件改变了我原本对人生和世界的美好看法，那么“九一三”事件则让我看到了人世间最阴暗的一面，于是忧国忧民的思想让我的心灵再度陷入苦闷。而这种苦闷不是因为个人的前途，而是完全出于对国家民族命运的忧虑。凭直觉，我好像感觉到了一点什么，又一点都不知道是什么，更不明白为什么。

于是从这时起，我对“文化大革命”开始采取了一种敬而远之的态度。为了宣泄自己愤世嫉俗的情绪和对现实的不满，我故意留长发，穿破棉袄，还在腰间特夸张地系上一根草绳。这时的我，已暗自确立了自己的奋斗目标：报考四川大学中文系！其动机和目的就一个：想当作家！我以为，只有考上了大学中文系，才能当作家。

高中毕业前夕，我还斗胆创作了一个小话剧。此剧在我的老师郭夔南的指导、帮助下，后来居然上演了！文化馆因此让我这个中学生参加了一个创作笔会。就在这个会上，我认识了后来成为著名作家、获得首届茅盾文学奖的周克芹（在我后来的文学路上，周克芹老师对我的创作给予过帮助）。这个小话剧是我真正的处女作，它成了我中学时代精神黑夜中的一盏小油灯。

然而高中毕业时，却突然冒出一条规定：凡应届毕业生一律不能参加高考，必须下乡“接受再教育”两年以上，才有报考的资格。

这一规定，差点摧毁了我的梦想。

上学求知，这本是我人生的最低需求，可当时的我一点也不明白，我选择的上学求知这条路，为什么总是坎坷不平荆棘丛生？不能报考大学中文系，就意味着我当作家的梦想从此破灭！我为此苦闷不堪，夜夜失眠，不久便落下了神经衰弱的毛病。家里人见我整天神经兮兮，望着书本发呆，便让我外出消遣散心。于是为了排遣心中的苦闷，我以屈翁自比，扮成一副流浪诗人的模样，去了成都的武侯祠、宝光寺和杜甫草堂，想借古人和先哲的遗风来抚慰我受伤的心灵。但这时的我依然心高气傲，狂妄至极，在杜甫草堂，面对“诗圣”杜甫的塑像，竟当场赋诗一首，我至今还记得最后两句是：“‘诗圣’何足哉，今朝更为雄！”意思是说，杜甫有什么了不起，我比你更厉害！可见年少无知的我当年轻狂到了何等地步！

此后为了自食其力，我每天去做临时工：挖地基，扛钢筋，抬水泥板，晚上则关在家里自学。也就是从这时起，从小只知埋头读书的我，第一次深切感受到了中国老百姓生活的困苦与艰辛；而一定要为老百姓着想、要替老百姓说话的所谓平民意识，很可能就是在这个时候埋下的种子，渗进了血液。可此时的我，仍感前途渺茫。因为上大学无门，直接参加工作又不允许，剩下的一条路就只有下乡，到农村去“接受贫下中农的再教育”！

就在这时，招兵的消息从天而降。家人极力怂恿我去当兵，理由很简单：当了兵，既可逃避下乡，两年复员回家，还能分配工作，有个饭碗。而当接兵的连长了解到我是学校宣传队的骨干后，也想方设法要我这个所谓的“文艺骨干”。而我的要求很简单，一句话：去了能上大学吗？连长的回答更简单，一个字：能。于是1973年底那个寒冷的冬季，在那个既看不清左右又望不见前方的夜晚，一列军用闷罐车便将我运到了如今闻名世界的西昌卫星发射场。离家时我什么都没有带，只带了我的语文老师刘爱公送我的两本书——《文学的基本原理》（上、下册）。

四

到了部队后，我心里依然揣着我的作家梦。而上学读书，仍是我唯一的渴望。

本来，我一到部队，就让我当了文书。而文书是指导员、连长身边的“笔杆子”，按理说新兵下连时应该捞上个好单位。不料新兵训练结束后，我却被分到了全基地最偏远、最艰苦的工兵团三连，而且是打山洞（这个山洞就是后来发射卫星的地下指挥所）！打山洞是绝对的苦力活儿，还时刻面临塌方的危险。于是自认为不可一世的我，精神再度陷入苦闷之中，对前途感到渺茫甚至绝望——在打山洞的短短二十天里，我就掉了二十斤肉！幸运的是，二十天后，我被调到了部队宣传队。

进了宣传队，再也不出操，再也不劳动，除了吹拉弹唱，就是跳跳蹦蹦。而我的任务有两个：一是创作演出节目，二是在乐队当乐手。这当然令我兴奋不已。于是一开始我便写了个三幕话剧，让老兵们大吃一惊刮目相看。然而在那个年代搞创作，无疑等于受苦役；不光写一般的剧本要紧跟形势图解政治，连写个三句半、对口词也要遵循“四人帮”提出的“三突出”的创作原则。因此从 1974 年到 1976 年整整三年的时间里，我尽管创作了几个小话剧和不少文艺节目甚至还斗胆写过《中华人民共和国国歌》，可全是违心的概念化的产物。而身处文学沙漠中的我，除了一张军报、一本《解放军文艺》以及我自订的一本《朝霞》外，几乎看不到一部像样的文学作品。于是我的作家梦犹如山谷的云彩，又变得虚无缥缈起来。

更不幸的是，1977 年，上级一声令下，宣传队解散，我创作的作品一下失去了表现的舞台；我本想去国防科委文工团当一名编剧的愿望也随之破灭。虽然这时高考制度已经恢复，可部队院校没有文科的指标，意味着我的大学之门被再次关闭。而就在这时，西昌基地准备发射卫星，急需培养技术人才，我便稀里糊涂成了培养的对象。于是为了闯出一条生路，在一个没有星光没有月亮的夜晚，我封存了我所有的文艺书籍，烧掉了我所有的创作手稿，满含着辛酸的泪水与昔日的作家梦告别。而后打上背包，被迫走进部队的“土大学”——基地教导队，开始学习电工学、无线电、晶体管、高等数学、计算机原理等，其痛苦的程度简直不忍诉说——我第一次数学考试，仅得了三分！而一年之后，我的各科考试成绩居然达到了九十分以上！这对一个从小就梦想当作家的文学青年来说，其情感与精神被折磨到何等地步，可想而知。

1979 年，我被派往上海学习用于发射卫星的大型柜式计算机。如果我没记错的话，这种计算机叫 710 计算机。学习期间，我每天坚持凌晨 4 点起床，先自学计算机原理，再看永远也看不懂的计算机线路图；接着赶到电影院，看 6 点钟的第一场电影；然后在公交车上啃面包，8 点赶到无线电厂学习计算机。而每到礼拜天，我便带上面包和水，跑到上海图书馆，看上一天的文学名著。上海图书馆，是我人生中第一次见到的文学的天堂，它让我打开了文学的眼界。

从上海回到部队后，我被任命为指挥控制站计算机室主机组技术员。有一天，我将自编的唱歌程序输入计算机，计算机居然第一次唱起了我这个“傻大兵”编写的歌曲！那一刻，令专家们颇感惊讶、不可思议的同时，也让我欣喜无比。忽然间我觉得这个世界不光文学，科学也同样充满了魅力。于是我决定报考国防科技大学，将来当一名优秀的计算机专家。可正当我为考试做好了充分准备并有绝对把握考上国防科技大学时，有一天上级组织又在会上突然宣布，将我调往政治部当文化干事。由于事先我并不知情，我当场就在上千人的会上摔了板凳。但最后还是服从了不讲理的命运。

我做文化干事后，作家的梦想又开始复现出来了。这时的我已少了几分浪漫，多了几分实际。生活已经教我懂得，梦想与现实之间总是隔着一段弯弯的距离。1981 年，我终于第一次跨进了大学的门槛——湖南长沙国防科技大学，进修政治经济学。但由于当时我对社会主义政治经济学的许多理论持否定态度，无法全心听课，便开始写诗，开始投稿。同年 8 月，我的第一首诗在《凉山文艺》发表。1982 年，我考入解放军西安政治学院。同年 10 月，由《山西青年》举办的“全国诗歌写作竞赛”活动中，我的组诗《清晨，当我走过街头》在四万五千份参赛作品中夺得第一名，并在《山西青年》配以评论文章予以刊出。已是二十六岁的我，这才感到自己的青春第一次放出了一点点光彩。

1984 年，我被借调到北京国防科工委创作室帮助编辑书稿，文学的视野开始由山沟转向北京。我的诗作再次在《山西青年》获得第二名，并应邀参加了在杭州举行的“中秋诗会”。在中秋之夜，我站在西子湖畔，面对电视台的摄像镜头和几十位老诗人鼓励的目光，在月饼的咀嚼声中朗诵了我的获奖诗作。就在这次诗会上，我有幸结识了邹荻帆、陈敬容等著名诗人，还获得了一本由艾青签名赠送的《艾青诗选》。按理说，这次“中秋诗会”为我闯入诗坛打开了绿灯，可正是这次诗会，让我看到了诗的大海和自己的渺小，于是我断然决定：不再写诗，转写小说。

也就在这一年，沉寂了十四年之久的西昌基地发射了第一颗同步通信卫星。在那个惊天动地的夜晚，我目睹了火箭腾飞时人间最美的“风景”。那“风景”深深地印在了我的脑海，重重地撞击着我的心扉，让我有生以来第一次看到了人类智慧的神奇和人类力量的伟大，同时也为我打开了一扇文学的天窗。于是我连什么是报告文学都没搞清，便很快写出一篇一万五千字的报告文学，试着寄给了四川《科学文艺》。两个月后，《科学文艺》以头条位置隆重推出。这便是我的报告文学处女作——《用生命编写程序的人》。

为了充实自己，1986年，我又报考了西昌师范专科学校政治历史系。大学两年中，我的航天人系列小说和报告文学相继在一些刊物发表，四川的大型期刊《红岩》还先后以两个头条推出我的中篇小说和中篇报告文学，并在封二配发了我的“作家近照”。接着，我加入了四川省作家协会，随后又被吸收为四川省作家协会文学院的创作员。这意味着，我当作家的梦想已经实现。可不知何故，我却找不到一点“作家”的感觉，作家在我心中还是那么神圣，那么遥远！我感觉我依然心处梦中，人在旅途。

五

1989 年，我考入解放军艺术学院文学系。

这本是一件最高兴的事，可这时的我对文学却产生了一种极其悲观的情绪。原因是春夏之交的那场“政治风波”刚过，国家、民族的命运尚且莫测，从小就忧国忧民的我哪还有心思去侍弄什么狗屁文学！但现实的问题是，我总得干点事情，而我除了侍弄文学又愿干什么能干什么呢？好在时间是个好东西，它既能让人淡忘过去，又能让人想想未来，还能医治人的伤痛。半年后，我经过对国内文学现状和作家队伍的分析，决定在中国报告文学作家全军覆没的情况下，先从科技这个角度进入（因为科技属于中性题材），把报告文学作为创作的主攻方向，并悄悄做起了我的“航天文学”梦。

于是，《走出地球村》便列入我的“航天文学”计划的第一部。

1990 年 1 月，我利用课余时间骑着一辆破旧的自行车，顶着漫天风雪，在北京开始了《走出地球村》的艰难走访；与此同时，也开始了我对如何突破 1949 年以来中国科技题材写作的思考。但就在 1990 年 3 月的一个夜晚，我偶然在一张报纸上翻到一则关于中国“长征三号”火箭将在西昌发射场发射美国“亚洲一号”卫星的消息。这则消息不过一百多字，但这短短的一百多字的消息，却如同一团烈火久久地炙烤着我的心，令我兴奋无比，激动难抑！中国、美国，东方、西方，火箭、卫星，人间、天上……刹那仿佛是某种神灵的启示，让我苦苦思索了多年的大脑突然有了一种闪电划过般的感觉，好像一部优秀的作品在那一刻便已经诞生了。

第二天一早，我便向文学系的老师请假，要去西昌采访。可系里的老师说不行，我已经请过一次采访的假了，不能再有第二次了。我急了，说，我什么假都可以不请，但这次，这个假我请定了！后几经反复解说，几位老师终于被我的真诚打动了，同意了我的请求。于是我当即骑着自行车，去北太平庄买第二天的机票。到了售票处一打听，居然还有当天的机票！我毫不犹豫便改买了当天的机票，而后把自行车往路边一扔，匆匆“打的”赶往机场。等我气喘吁吁登上飞机时，离起飞时间只剩十多分钟了。

五个月后，我写出了我的第一部二十五万字的长篇报告文学《飞向太空港》。解放军艺术学院、《当代》杂志和解放军文艺出版社看完稿子后，认为是一部不可多得的好稿，决定发表、出版。可当这部稿子送到国防科工委宣传部某个部长手上后，却一拖再拖，就是不肯出具审查意见；甚至国防科工委司令部作战试验部都签发了“此稿没有泄密问题”的意见，并盖上了堂堂正正的大红公章，这位部长大人依然我行我素，坚持认为有“资产阶级自由化”等问题，就是不同意发表、出版。直至“审查”了一年多，最后在各方面的谴责声中才出具了一份既不说同意出版也不说不同意出版的没有一条审查意见的“审查意见”。在此情况下，我做好了被逐出军界的打算，顶着风险，硬是将书稿送了出去。结果，《当代》以头条隆重推出，作家出版社接着也大胆出版了此书。此书一经问世，很快在社会各界引起强烈反响。不仅人民文学出版社举行了作品研讨会，《新华文摘》《人民日报》等全国上百家报刊也做了连载或选载，后来还获得 1990—1991 年全国优秀报告文学奖，入选《中国报告文学精品文库》，并被台湾出版。尤其令人感动的是，在我毫不知情的情况下，我的老部队西昌发射基地还为我记了二等功！

无疑，《飞向太空港》是我真正的成名作，她为我带来了荣誉和福音，让我从此步入中国文坛。只是长达一年多的审稿，让我患上了“审稿后遗症”，以致后来一提起“审稿”二字，我便像一个少女时代曾被人强奸过的姑娘，即便新婚之夜也会有一种莫名的恐惧！而因为这次“审稿”，也让我对报告文学伤透了心，还一度发誓，再也不写报告文学了，尤其再也不写国防科技题材的报告文学了！甚至后来要调我去国防科工委创作室，也被我婉言谢绝了。但经过一年多的自我反省，我开始认识到，航天发射乃中华民族的伟大壮举，与个别观念落后、认识肤浅的人无关；一个真正的作家，写作不是为了个人，赌气不是应有的风度，而只有超越个人、超越阶级、超越民族乃至超越地球的一切恩怨是非，才是应该具有的胸襟和气度。

于是，1992 年 8 月，在作家出版社和《当代》的支持下，我再次奔赴西昌发射场。接着用了四个月的时间，赶写出了我的“航天文学”的第二部——《澳星风险发射》。由于此书是第一次写中国航天的失败问题，敏感且棘手；加上我有过被“审稿”的创伤，所以写作此稿时，心有余悸，战战兢兢，如履薄冰。我准备用来对付各种麻烦甚至打官司的材料都准备好了，而且这些材料远远超过了我的书稿。我当时的想法是，不管结果怎样，必须实事求是，不说假话，不唯上，不谄媚，坚守一个作家基本的底线。幸运的是，书稿完成后，《当代》和作家出版社顺利发表和出版了此书，并获得了 1992—1993 年全国优秀报告文学奖和解放军“八一”文艺大奖。

接着，我又写出了《走出地球村》和《远征三万六》，从而完成了我的“航天四部曲”。《走出地球村》被《当代》和人民文学出版社推出后，还有幸获得了首届鲁迅文学奖。

六

至此，应该说我的作家梦已经实现。

然而不知何故，梦想成真的我，却越来越找不着年少时那种神圣的作家感了。作家于我仿佛依然还是一个梦，写作于我而言仅仅是个开始。我距作家似乎越来越远，离普通人却越来越近。文学在我心中，再也不是从前梦中的情人、追恋的女神，而变得实际又平常。就像我冷了时的一件衣服，饿了时的一碗米饭，渴了时的一杯热茶，累了时的一张沙发，困了时的一张木床。我已经习惯用一颗平常之心来对待自己，用冷静的眼光来看待文学。当然，文学本身在我心中，仍是高尚的，我仍把文学看作我生命的一部分，把写作当作我生活的主要内容，更不为自己多年苦苦追求的梦想而后悔。

但我想说的一点是，人生不光有梦想，还得有境界。一个人如果能实现自己的梦想，已经是很幸运了，因为多数人的梦想即便穷尽一生，也无法实现。可一个人实现了自己的梦想，仅仅是进入了人生的第一个阶段，跨越了生命的第一个层次；而要进入人生的第二个阶段，跨越生命的第二个层次，还得让自己的心灵与精神升华到更高的境界，才会在纷繁复杂、物欲横流的滚滚尘世里不致迷失方向乱了方寸。我想，生命的过程，既是一个自我不断奋斗求索的过程，也是一个不断抵制外界诱惑的过程，同时更是一个需要对自己的内心不断修炼的过程。奋斗求索的功夫下得越大，生命才会显得越加充实；内心的境界修炼得越深，才有可能抵制外界的诱惑，让人生变得超然物外、悠然自得。尽管人就是人，仙就是仙，我们无能更改上帝这一安排，但人和仙仅一步之遥。人之所以比仙活得累，就是因为人比仙有更多的需求与欲望。正是这些需求与欲望，把人压得喘不过气来，从而少了人的乐趣，折了人的寿命。而一个真正的作家，艺术的修养固然不可或缺，但境界的修炼恐怕更为重要。

因此我想，搞文学的人，心里似乎应该有自己的一尊佛，应该有比一般人更为高远的心智和一生为之追求的大境界。而唯有在属于自己的漫漫精神长夜中潜心修炼，永梦不醒，同时向着洞悉自己、降服自己之道步步逼近，才有可能获得这一境界。

为此，近几年来除了注意提高自己的文学修养，我还把写作的过程当作修炼自己人生境界的过程——这当然仅仅是有点意识而已，境界的修炼任何人恐怕都是需要终身为之的事情。而当作家搞写作，已不再是我人生的目的，而是我选择的一种人生方式。就像工人做工，农民种地，炊事员做饭。至于我写的这四部小书，我相信只有愚蠢的作家，没有傻瓜的读者，一千个读者，就有一千个哈姆雷特。而每一位读者，都是我的上帝！

我只想说的是，中国的航天事业，关系到国家的利益与尊严，关系到一个民族乃至整个人类开创空间文明、寻找新家园的伟大壮举，无论从文学还是史学的角度来说，都应该有所记录有所展示。而我，只不过用这四部小书，向世人和历史证明，我做了一件别人没做而我该做的事情。

1996年10月8日于北京平安里

王大珩印象

题记：王大珩，中国著名科学家。人称“中国光学之父”。1915年2月生于日本，四个月后被母亲抱着回国。1936年毕业于清华大学物理系。1938年赴英国伦敦帝国学院留学，1948年回国。中国科学院院士、中国工程院院士、国际宇航科学院院士，中国“863计划”的主要倡导者。1999年荣获“两弹一星功勋奖章”。生前没有小车，没有秘书。

如果你给王大珩老先生打电话，说：“王老，我打算采访您一下，想跟您约个时间，能不能安排一下？”

王老在电话里回答的第一句话是：“请等一下，我先查查看。”

查什么？

查表。

什么表？

工作日程表。

王老的家里，有一张他自己设计制作的工作日程表。他每天的所有工作流程，包括各种会议和社会活动，全都被他计划、安排在了这张表上。有的提前一周安排，有的提前十天安排，有的甚至提前一个月安排。因此，你若要与他约见，他必须先查一查他的这张工作日程表。如果他可以把你“插”进去，他就会把你安排在他的这张表上；若是他不能把你“插”进去，他就会很客气地对你说：“对不起，安排满了，等等再说好吧。”

一生都生活在时间表里。

这就是科学家。这就是王大珩。

王老的确太忙。年轻时忙，中年时忙。现在老了，依然很忙，甚至比过去还忙！

可以说，王老一年四季，从来没有一天空闲的时候；一天到晚，他几乎是按时甚至按分在工作，在生活。只要他在家，电话总是不断，来家找他的人，也有不少。而且常常是，前面的人刚刚离开，后面的人便接着进门。甚至有的时候，前面的人还没谈完，后面一拨人已经等在门口了。我与王老聊天期间，便亲眼见到过这种情况。

尽管如此，王老依然潇洒，依然从容，依然活得有滋有味。

王老能讲，善讲。王老讲话时，不像滔滔不绝的大海，而像源源不断的小溪，一旦讲开了，一口气能讲上好几个小时。而且，他自己不会感到累，听的人也不会感到乱。别看他已是八十四岁的老人了，思维却十分清晰，十分敏捷。他的大脑就像一个信息库，一生的经验与智慧，仿佛全都储存在了这座“信息库”里。

王老在生活上要求很低，吃穿从来不讲究。他没有专车，也没有专职秘书。一生节衣缩食，日子过得十分清贫。除了科学，似乎什么都不在乎，也从不上心。用老百姓的话说，就是“没心没肺”。但若说王老“没心没肺”，不少很高端、很高深的问题，又都是他老人家琢磨出来的，比如中国的高科技计划“863 计划”，他就是主要谋划者。

1995 年，王老和钱学森、黄汲清、王淦昌三位科学家一起，荣获首届“何梁何利基金”优秀奖，奖金一百万港币！然而，得到了一百万港币的王老却为这一百万港币而发愁。他告诉我说，一连好几天，他的心里都忐忑不安；甚至有时急得一个人在屋里转圈，总觉着自己拿了这一百万有愧，甚至竟不知道该如何处置是好。

怎么办呢?

最后，王老拿出五十万交给中国科学家协会，在中国科学家协会设立一个“迎光基金”奖，奖励那些在光学领域做出突出成就的青年科学家。他说，这事落实后，我的心里一下就踏实了，当晚才睡了个好觉。

王老一生都在探索，不断创新，在光学等诸多领域创下了二十多个“第一”，并解决了科学技术中一个又一个的大难题。但科学技术上的大难题没有难倒王老，生活中有一个小问题却难倒了他——

1997 年 3 月，王老和七位科学家自费到漠河去观看日全食。那几天里，王老最高兴的一件事，就是为好多的青少年朋友在日食纪念封上签名。有一天，当他高高兴兴地为一个十一岁的小女孩在日食纪念封上签了名后，便听何泽慧院士问了那个小女孩一句：

“小朋友，你为什么要让我们签名呀?”

小女孩笑眯眯地回答说：

“有你们这些大科学家的签名，我这个纪念封以后就值钱了呀!”

这位小女孩的回答，让王老感到非常震惊！他做梦也没想到，他们那一代科学家一生的追求，竟被一个年仅十一岁的小学生只用一个“钱”字，便轻而易举地给简化了，也轻而易举地给击碎了！

结果为什么会是这样呢？为什么会是这样的结果呢？一路上，王老愁肠百结，百思不得其解。

王老告诉我说，这件事过去很久了，但这道“难题”，至今还装在他的脑子里，总是挥之不去。

在王老有生之年，不知他能否解开这道“难题”？

1999 年 6 月 28 日

（补记：2011 年 7 月 21 日 13 时 02 分，王大珩先生在京逝世。享年 96 岁。）

冯亦代印象

题记：冯亦代，著名翻译家、作家。江湖人称“冯二哥”。当年与徐迟、袁水拍并称香港文坛“三剑客”。1941 年首次翻译海明威作品。一生与茅盾、夏衍、乔冠华、梅兰芳、韩素英等文化名流交往甚密。特别是与著名报告文学作家徐迟，有五十年的金石之交。1993 年八十高寿，与著名艺术家、著名报告文学作家黄宗英结为伉俪，从此归隐书林，相依为伴。生前没有小车，没有秘书，甚至没有一间书房。

2000 年 5 月中旬一个温暖的下午，我第一次走进北京小西天一座普通的住宅楼。当我穿过七楼光线暗淡的走廊，敲开南边尽头的一扇木门时，便见到了一脸灿烂的著名报告文学作家黄宗英。

在一间客厅兼卧室、三面是书的小屋里，一位老人早就坐在一张小桌前等候多时了。老人一见我，便远远地伸出手来——这便是我要聊天的对象，著名翻译家、散文家冯亦代老人了。

宗英老师告诉我说，生活起居方面，冯老很有规律。晚上 10 点以前睡觉，早晨 5 点钟起床。起床后做自创的健身操，而后看电视早间新闻，再看一会儿书。7 点钟早餐。早餐后学习写作，至 10 点钟，稍稍活动活动，放松放松。中午小睡半个小时。下午接着读书或写作，约两三个小时。饮食方面，冯老有自己的习惯，注重早餐的质量和营养。早餐前喝一小瓶蜂王浆，然后吃点燕麦片、牛奶、面包。午餐和晚餐，则是一碗米饭或一碗面条，随便对付对付了事。冯老最大的嗜好是读书、听音乐。他觉得高雅的音乐能抚慰人心，涤荡灵魂，让人享受到一种崇高的纯美境界。由于家学渊源，他很小就喜欢读书。而今虽然已是望九之年，依然蓁蓁童心。他整日坐于家中，手捧书卷，不是潜心阅读，就是写日记。一天不读书，不动笔，就像丢了魂似的。

宗英老师还告诉我说，冯老最怕接受采访了。不过每次接受采访，他都认真对待，有时还要特意换上一件衣服，显得很有礼节，很有修养。这不，今天听说你要来采访——哦，不，你说要来和他聊天，他还特意换了一件衬衫呢！

由于我想把对冯老的拜访变得轻松一些，随便一些，自由一些，所以事先并没有拟定提纲送给冯老，打算聊到哪儿是哪儿。但我又担心我的提问，尤其是一些涉及往事的提问，对于一位已经八十七岁高龄并且曾经患过七次脑梗塞的老人来说，是一道很难的难题。

事实证明，我的担心多余了。从冯老口齿模糊且带着几丝乡音的话语里，我很快发现，冯老的思维相当清晰，相当敏捷，且智慧的火花闪烁不断。

后来，冯老把我对他的访谈戏称为"接受考试"。每次我们刚刚相对而坐，他便说："鸣生，你又要考试啦？"等我们聊天结束，他又会玩笑一句："今天的考试总算结束了。"

记得是第二次造访冯老时，宗英老师一见我就说："鸣生，上次你走了之后，二哥（黄宗英称冯亦代为二哥）对我说：'鸣生考我，也不给我准备的时间，搞得我好苦啊！'"

我听后，忍不住笑了，转身对冯老说："冯老，今天我又要考您了。"

穿着随意又不失儒雅的冯老依然坐在老地方——一张小桌前，含蓄地笑了笑，而后轻轻说道："考就考呗。"

其实，与冯老对话，是一件相当困难的事情。

难就难在，冯老毕竟是一位年近九十岁的老人了，而且还有过多次从死亡线上挣扎回来的苦难经历。所以我与他聊天时，每每聊到半小时左右，冯老的精力和体力便难以支撑，我只好暂时中止；另一方面，由于疾病和年龄的关系，冯老说话声音小，且不少吐字含混不清，听起来非常费劲。所以常常要靠宗英老师充当翻译，我俩的聊天方能往下进行。尽管如此，后来整理录音文字时，依然困难重重。个别字句出现错误，甚至某个意思发生误解，完全可能。

因此，我与冯老的聊天，从 2000 年 5 月 1 日到 9 月 1 日，前前后后，断断续续，满打满算，竟持续了四个月。

不过，随着与冯老对话的日渐深入，我越来越感到这位老人的了得！作为一位著名翻译家、散文家、大学者，他有着自己独立的立场和思想境界以及至死不渝的学术追求；作为一位老人，他又有一颗博大而又平常的心。自多年前归隐书林以来，他潜心著述，独善其身，不管人间怎样喧闹无比，无论天上如何云卷云舒，他始终冷眼旁观，与世无争。

一次聊天结束时，宗英老师与我谈起冯老七次面对死神、又七次从死神手中挣脱回来的情景，令我肃然起敬，感动万分。

宗英老师告诉我说，面对即将到来的死亡，冯老非常坦然。他多次跟她说过，他要在他的遗嘱里写上一句话："我将笑着迎接黑的美。"

言罢，宗英老师还拿出一个大本，大本上记录着冯老脑梗塞之后，为恢复语言和写作能力而专门制订的详细计划。其中，包括每天几点几分睡觉、起床，几点几分吹水、吹纸，几点几分写字、看书等内容。

而第一页上，便是冯老刚从医院回家后，为练习写字而写下的一行歪歪斜斜的汉字。这行汉字首先写的是他自己的姓、名，接着便是赫然四个大字——难我不倒！

望着“难我不倒”四个颤巍巍的大字，我内心一阵感动，一阵震颤，也一阵羞愧。我想，眼前的冯老若不是有着非凡的意志和韧劲儿，今天的我，还有机会面对面地和这位老人聊天吗？

2000年5月16日记于北京平安里

（补记：2005年2月23日14时30分，冯亦代先生在京去世。享年九十二岁。）

贾兰坡印象

题记：贾兰坡，中国著名旧石器考古学家、古人类学家。人称中国“活化石”。祖籍河北玉田县。1908 年 11 月 25 日出生。文化程度初中。二十二岁走进周口店。1936 年 11 月 15 日至 11 月 26 日，十一天内连续发现三个“北京人”头盖骨，震惊世界，名扬天下。中国科学院院士、美国国家科学院外籍院士、第三世界科学院院士。生前没有小车，没有秘书。

中国有句古话，人生七十古来稀。

若按这个标准，九十二岁的贾兰坡先生不仅堪称中国的“古来稀”，就是在世界的生命史上，恐怕也算得上一个小小的奇迹。难怪有国际友人说，他是中国的“活化石”!

想当年，贾老去周口店时，才二十二岁。然而，岁月不饶人，一眨眼，七十一年过去了。当年的小贾，很快变成了老贾；再后来，老贾又变成了贾老，且名副其实。

如今的贾老，确实已经老了。他走起路来已远不如年轻时利索，两只眼睛也几乎看不见了。但他的耳朵和脑子却特别好使，你要是给他打电话，只要轻轻“喂”上两声，他仍能听出你是谁来；倘若你和他聊天，稍不注意，还跟不上他的思维节奏。

遗憾的是，由于贾老的眼睛患有青光眼和白内障，即使戴上高倍老花镜，也几乎等于失明。但为了不让自己落后，他每天依然坚持戴上高倍老花镜，再拿着放大镜，或者看书，或者写作。年年岁岁，日日月月，从不间断。看书时，他的鼻子尖和书本几乎贴在一起，于是有人开玩笑说，与其说贾老是用眼睛在看书，不如说他是用鼻子在“闻”书。

贾老写文章时，同样也很困难，常常不是把字写出了格，就是把前后两个字重叠在一起。但他照样每天写，且只要往书房一坐，便抛开脑子里的一切杂念，甚至抛开这个世界，专心致志地投入到他的写作当中。一笔一画，一字一句，连每一个标点，都写得极为仔细，极为工整，极为认真。如果你去拜访他，即使你走进了他的书房，他也不会察觉。

有一次，我去看望他。我走进他的书房时，他正聚精会神地在写作。我先是叫了一声，他没有反应；再叫一声，他还是没感觉。于是我掏出相机，一连给他拍了三张照片，他依然浑然不知。直到我收起相机，走到他的跟前，一连叫了两声“贾老”，他才从思考中抬起头来。

贾老一生勤奋，从不浪费时间，从不浪费生命，几乎没有过休息日，他把自己毕生的精力，几乎全都献给了中国和世界的考古事业。他每日早晨 6 点起床，先在书房随心所欲地活动活动腿脚，然后洗漱，接下来便坐在一张简易沙发上，静静地看上一段电视新闻。8 点半左右，他便坐在书桌前，开始一天的工作。天天如此，常年如此。即使在“文化大革命”期间，他被关在了“牛棚”里，也照样学习，照样研究——至少，他的脑子一刻也没停止过思考。

贾老的一生，几乎没有什么业余爱好，也没时间去爱好。听音乐，逛公园，进商场，都不是他之所好；打牌、下棋、搓麻，他更是从来不为。好像除了考古，其他事情都引不起他的兴趣。一次，他去外地一个城市开会。会后，对方为了让他轻松轻松，特意安排司机把他们拉到市区逛一逛，看看城市的风景和建筑什么的。可车子在市区逛了一个小时，他却在车上睡了一个小时，直到车回到住地，才被人叫醒。有人问他，今天出去都看见什么了？他笑而答道，什么都没看见，什么都看见了。

贾老一生在生活上要求极低，用他自己的话说，只要有口饭吃，就行。他现在所住的房子，别说和局级、部级的领导相比，就是和一些科级、处级的干部相比，也相差甚远——一共、大概，也就五六十平米吧。不仅是水泥地、原始墙，连基本的装修都没有，而且还紧靠在马路边上。每天汽车一辆接一辆，喇叭声声，不绝于耳；人群一拨接一拨，从早至晚，川流不息。我每次走访他时，录音机录下的，除了我俩含混不清的聊天声，便是一声高于一声的汽车喇叭声。由于窗外的杂音太大，干扰厉害，我俩的谈话常常不得不被迫中断。然而，九十二岁的贾老，春夏秋冬，年年岁岁，日日夜夜，就在这样的环境里，依然坚持天天考古，夜夜睡觉。

贾兰坡最大的特点，就是忠实于科学，坚持维护科学的尊严。他常常给青年同行们讲："自己的头脑要围绕着事实转，不要叫事实围绕着自己的头脑转。"他跟老一辈的科学家学习各种知识，但又不被老一辈科学家的学术思想所束缚；他跟外国科学家一起工作多年，从外国科学家那里学到不少的知识，但他又从不听人摆布，也未被外国科学家所吓倒，更不是外国人说东就是东，说西就是西。他说："如果别人画个圈儿你就钻，绝不会有什么大的成就。"

贾老一生谦虚，大智若愚，即便功绩盖世，也一笑付之，从不挂齿。这位出身于河北小山庄的科学家，若从学历来看，仅是一个中学生，连一张大学文凭都没有；但他却先后当选为中国科学院院士、美国国家科学院外籍院士、第三世界科学院院士。没有大学文凭，却能斩获三个院士的头衔，这和他九十二岁的年纪一样，不能不说也是一个奇迹！

贾老是研究古人类学的，将来若是有人对他的生命也进行一番研究的话，我想一定是件很有意思、很有价值的事情。

2000 年 12 月 29 日记于北京平安里

（补记：2001 年 7 月 8 日 11 时 44 分，贾兰坡先生在京去世。享年九十三岁。）

活人的思想，有时要靠“死人”点燃

——有感于老山汉墓的发掘

近日，沉睡千年的老山汉墓开始了全面性的抢救发掘。随着发掘的日渐深入，各种推测频频见诸报端。

也许，一个重大的“发现”不久便会在北京的某个秋夜骤然诞生；在“北京猿人”与元大都间那悠长的历史时空中，一个气势沉雄的大汉帝国的盖世风采又将再现。

当然，历史并不具有复制性。在古今中外的考古史上，每一次所谓的“发现”，都绝不是一件轻而易举的事情；至于“重大发现”，就更是百年难遇、可遇而不可求了。专家们的各种推测、记者们的无数猜想，还有普通民众的美好期待、愿望固然美好，也在情理之中，但历史毕竟不是一位供人随便臆想的青春少女。在确凿的史实面前，后人的推测和猜想常常苍白无力，甚至贻笑大方。这样的例子在历史上屡见不鲜。其原因在于，考古是个无底的谜洞，它有着极强的复杂性、偶然性和隐蔽性，后人任何一个细节的疏漏，都有可能踩响错判的地雷。

就说老山汉墓刚发掘出来的这具神秘的尸骨吧，有人说可能是燕王刘旦，有人说可能是盗墓者本人，那么到底是燕王刘旦还是盗墓者呢？若是燕王刘旦，那刘旦夫人墓也该在其左右；若是盗墓者，谁敢说就一定是中国人而不是外国人呢？

据我对考古历史的调查，从 17 世纪起，不少外国“学者”或商人，就像淘金者一样纷纷潜入中国的版图，扮演了很不光彩的“文化盗贼”的角色，致使中国的古文化遭到空前的劫难。例如，1878 年至 1888 年，俄国上校军官普尔热瓦斯基曾先后五次进入新疆“考察”，除掠走埋藏在地下的大量珍宝外，还随意用俄国人的名字为新疆的山河命名；1892 年，英国人利特代尔在新疆打开了古代传教士穆拉·热西丁的圣墓，盗走了大批珍贵的文物和壁画；而德国的格伦韦德尔、俄国的鄂登堡、法国的伯希和、日本的桔瑞超以及英国的斯坦因等，也先后利用田野考古掩人耳目，从中国发现的墓穴和古城中掠走了难以计数的古代文物珍品。

本来，上述文化珍品是我们的祖先给我们留下的，是等着中国人自己去发掘、去研究的，可直到本世纪初，当以地质学和考古学为先导而发展起来的田野考古学被西方人在世界各地反复演示了上百年之后，中国人却依然视而不见，充耳不闻。不少中国的“考古权威”们不是走向广袤的田野，投身于真正意义上的考古，而是春夏秋冬躲在书斋里，整天沉浸在自宋代兴起的金石学的方法之中。甚至连当时新文化运动的领导人之一梁启超，也对这种方法大加赞赏，极力推崇。于是，外国人乘虚而入，捷足先登，也就不足为奇了。

好在后来中国人开始了属于自己的考古，于是我们不仅有了北京的周口店和“北京人”，还有了长沙的马王堆以及贵州的三叠世早期化石群。而近期老山汉墓的发掘，又为我们带来一份惊喜。

不过，在此我有必要指出的是，我在采写《全球寻找“北京人”》一书的过程中明显发现，我们对本国古文化遗址的发掘，还远远不够；我们民族的古文明意识与西方相比，也相差甚远；尤其是某些“领导”，对古文化遗址价值的认识，更是肤浅至极！像“北京人”这样的世界级国宝丢失了半个多世纪，竟然至今无人过问。

其实，如果我们认真想一想，在当今这个科技称雄的世界上，中国真正能与西方强国抗衡的东西有什么呢？不就是我们的这点古文化遗址吗？

因此，我们应该认识到，或者说必须认识到，中国的古文化遗址对今天的世界是非常难得、相当珍贵的！因为活人的思想，有时要靠“死人”点燃。人类在漫长的演变进程中，每一发展阶段所隐含的信息赋予人类今天的意义，都是极其巨大而又魅力无穷的。倘若我们能将它发掘出来并深入研究之，就有可能将人类古文化历史中最隐秘的内涵凸现出来，从而古为今用。

那么，今天有滋有味地活着的我们，有什么理由不重视对考古的发掘和对“死人”的探究呢？

2000 年 12 月 31 日

为儿子“号脉”

——读儿子《假日“疗伤”》有感

第一次读儿子写的《假日“疗伤”》，尚未读到一半，眼眶便潮湿了；待读罢全文，心便隐隐作痛，甚至有一种欲哭无泪、不寒而栗的感觉。

何以如此？

请看儿子怎样写道：

> 这几天，心情有些悲观，原因是在复习语文时，读到了鲁迅先生的一句话——我将深味这非人间的悲凉。高考失败的学子们一定更感悲凉，或许还有些壮志未酬的感觉。如果一年后的我也有了这样的命运，是该感到幸福还是悲哀？……假如到时我真有了这不幸，我该如何深味这非人间的悲凉？

按理说，暑假是中学生最轻松、最愉快、最幸福、最难得的一段时光。在这段时光里，属于花季雨季的少男少女们，本该享受的是夏的浪漫、夜的自由，情的温馨、爱的清纯。可我万万没想到，儿子小小年纪，内心却有着如此的伤痛，甚至竟然还感受到了“这非人间的悲凉”！于是好端端的一个暑假，儿子非但没了轻松与喜悦，反而“伤势”严重，借假“疗伤”！这，都是因为那个刚刚过去但很快又会扑面而来的“笑面杀手”——高考！

便与儿子闲聊。

儿子的一句话令我再度吃惊，他说：“中国天才很多，人才很少。”初听这话，有些吃惊；再一琢磨，却有道理。不是吗？中国许多孩子在未上学或刚刚上学时，本来在某些方面极有天分，倘若后天教育得当，完全可能成为真正的人才。遗憾的是，当这些孩子上完小学、初中、高中后，他们除了苦苦练就一套如同机器人般的对付各种考试的“超人本领”外（有的是作弊的“本领”），其他本事我却怎么也没看出来。而明显的感觉是，他们原有的天分被“考试”这条蛀虫偷偷吞食了；将来步入社会的他们，不过是一件件被人拎来拎去的实用工具，而决非一个个富有创造力的人才！

以儿子为例。儿子七岁开始写科幻小说，上初一数千字的科幻小说便可一气呵成，并扬言要写长篇。我想，如果社会能尊重儿子的天性并容忍他发展到今天，“少年科幻小说家”这顶桂冠戴在他的头上，应当不会脸红。可惜，从初二开始，一个接一个的考试，“烤”得儿子昏天黑地，口吐白沫。儿子除了长年忙于考试还是考试，不但让老师满意的“一类作文”写不出来，到后来连唯一的一点写作兴趣也被耗尽。甚至到了高二分班时，竟彻底放弃了自己偏爱的文科，而自作主张报了理科班。当我问他为什么要报考理科班而不报考文科班时，他说考理科比考文科更有把握混进大学。

总之，应试教育的结果，在孩子们的脑海里，学习就是考试，考试的目的就是上大学。知识=学历，学历=人民币，就是人生最可靠的定律。在全世界都高喊“知识经济”的今天，在孩子们的眼里，“知识经济”最实惠的内涵，就是“高学历”，就是美元和人民币！我不知道这是中国教育的幸运，还是中国教育的悲哀。也不知道该为孩子们感到庆幸，还是惋惜。

我这样说，并非要全盘否定应试教育，而只想说我们的应试教育的确出了问题，而且出了很大的问题，到了应该好好反省的时候了！古代科举考试导致的严重后果，早在《儒林外史》中有精彩而深刻的描述，倘若中国的教育今天仍以考试来论英雄、来定前途，那与古代的科举考试又有什么区别？如果所有的孩子还是这样年复一年地继续“烤”下去——从小学到初中，从初中到高中，从高中到大学，从本科到研究生，从硕士到博士，再从土博士到洋博士，本来是欢乐的知识海洋岂不成了茫茫苦海？孩子们的竞争力岂不全都变成了考试竞争力？更何况，“身经百战”的考试之后，无论是身体还是心灵，必然是“遍体鳞伤”！等到孩子们被“烤”得焦头烂额、走投无路时，到头来恐怕连“回头是岸”的机会也没有了。所以，在此我必须像当年鲁迅先生那样大喊一声：“救救孩子！”

好在儿子知道利用假日“疗伤”，而且后来有幸“伤愈复出”。但我由此想到的是，像儿子这样被提前“灼伤”的少男少女们，在全中国该有多少啊?！那些已经受伤却不知道受伤或者不知伤在何处的孩子们怎么办？那些知道受伤却又无法疗伤甚至永远难以“伤愈复出”的孩子们又怎么办？他们那稚嫩的生命小舟能经受得住高考风暴的席卷侵袭吗？

当然，高考毕竟未到。我为儿子“号脉”的同时，也希望所有的家长，都来为自己的孩子“号脉”，并“对症下药”，增强他们内心的免疫力和对外界的抵抗力；同时也希望所有关心高考的有识之士来为中国的孩子们“号脉”，尤其是来为中国的教育认认真真、仔仔细细地

"号脉"！

因此，2001 年 8 月 15 日，我以父亲的名义写下此文，预祝"伤愈复出"的儿子和将要迎战高考的少男少女们顶住人生的第一场"风暴"，来年成为"真的猛士"！

2001 年 8 月 15 日

韩国行

2002 年 4 月 15 日，我随中国某代表团前往韩国汉城（2005 年 1 月 19 日改名为首尔），参加亚太地区的一个国际学术会议。只因出发这天中国国际航空公司一架波音飞机在飞往韩国途中不幸失事，导致一百二十二人丧生，从而震惊了中韩两国，亦震惊了世界。于是我的韩国之行，一开始便显得惊心动魄！

有惊无险的“4 · 15”

2002 年 4 月 15 日，北京风沙弥漫，遮天蔽日。

上午 9 点整，我驱车前往首都机场，乘 332 航班前往韩国汉城。

许是春天刚刚来临的缘故，这天急于走出国门的人特别的多。候机厅里人声鼎沸，行色匆匆，里里外外，忙乱无序。抬眼望去，立马便会让人想到“中国特色”。

登机前大约几分钟，不知何故，我突然想起远在成都的母亲，便给母亲打了一个电话。打完电话，刚要关机，手机响了，是妻子打来的。妻子是个习惯在我身上没完没了操心的人，每次出门，总是唠唠叨叨没完没了，不是说“别忘了带身份证，一定要注意安全”，就是说

"不要把时间卡得太紧，你要先去等飞机，别让飞机等你"。奇怪的是，这次妻子在电话里没有一句唠叨，更无什么具体指示，只轻描淡写地问了两句不着边际的问题，便没再说什么，只是说话的音调听起来有点异样。我关掉手机，一边登机一边还想：看来女人就是事儿妈，啥事没有，还非把电话追到机场。

飞机刚起飞，我便开始做自我心理测试。所谓心理测试，就是先闭上双眼，屏住呼吸，让意念守住丹田，而后再用心测试自己的感觉，看心理上有无异常反应，由此获得一种或福或祸的预感。这是我多年来养成的一个习惯。这个习惯每次都被实践证明，我的预感比较可靠。由于这天的心理测试没有什么不祥之感，所以我也就放心地系上安全带，任凭飞机自由翱翔了。

就在这时，我身旁的一位同伴突然神情紧张地对我说："鸣生，知道吗，刚飞往韩国的一架飞机出事了!"

"你怎么知道的?"我问。

同伴说："刚才临上飞机前，一个朋友打电话告诉我的，说是大概死了一百多人!"

按理说，身在飞机上的我突然得知这一信息后，应该大吃一惊，至少会坐卧不安。奇怪的是，这一信息除了让我深感哀痛，对我的心理并未产生影响。换句话说，我对自己乘坐的这架飞机，一点也不担心。因为在我看来，生死皆是命中注定，任何担心都是多余。

下午2点20分，飞机平安降落汉城仁川机场。下了飞机，一踏上韩国的土地，便有一种爽快的感觉：环境整洁，空气清新。四月是韩国的春天，看来名副其实。据韩方人士介绍，仁川机场是去年才开通的一个国际机场。十年前，这儿还是一片海滩，但韩国人硬是用了十年时间，耗资七万八千亿韩币，将海滩填成了平地；继而又将平地建成了一个偌大的国际机场。这一壮举，不能不让人想到韩国人的决心和勇气。

当然，站在春光沐浴的仁川机场，首先让我想到的，还是在朝鲜战争中那场震惊世界的经典战役仁川登陆，以及那个不可一世的总是叼着烟斗在军用地图跟前走来走去的名叫麦克阿瑟的美国五星上将。我想，假如1950年那个全世界都还在呼呼大睡的礼拜日的早上，朝鲜半岛没有燃起战火；假如麦克阿瑟精心策划并发动的仁川登陆没有成功；假如社会主义老大的苏联领袖斯大林反对中国出兵朝鲜；假如中国的毛泽东并不在乎斯大林的意见，也像“老大哥”那样坐山观虎斗，只动嘴不动手，更不一声令下，让志愿军“雄赳赳，气昂昂”跨过鸭绿江，那么历史留给今天的韩国人、美国人和中国人的，又会是怎样一个页码呢？

可惜历史就是历史，从来没有假如。

当晚，我下榻汉城奥林匹克宾馆。

多年来我有一个习惯，每次出差，一下飞机便会给妻子儿子打电话报个平安。可这次偏偏例外。原因是中国的手机到了韩国不能用，而我既不会说英语，也不会讲韩语，所以一旦走出国门，等于是个聋哑人甚至傻子。等我吃罢晚饭，把一切安顿好了，再找到翻译、兑换货币、买好磁卡，搞清拨往北京的电话区号，已是北京时间晚上7点半了。

本来，我是怀着一种美好心情给远在北京的家人打电话的，谁知电话刚一接通，便传来儿子那盛气凌人、毫不客气的训斥声：“李鸣生（儿子从小对我就直呼其名，只在公众场合才叫爸爸），你怎么这么不懂事，现在才打电话……”我一听，满肚子都是委屈。心想，这是怎么了？老爸有什么错？错在何处？从中国北京，到韩国汉城，一路折腾七八个小时，连多年雷打不动的午休都给废了，容易吗？儿子怎么这么不懂事，拿起电话就训人？但因是国际长途，我不便与儿子斗气，简单说了两句，便“啪”的一声，挂了。

回到房间，我心里仍然憋着一股气，认为自己千里迢迢给家打电话，却遭到儿子无理训斥，而且是在国际长话里，实在有点过分。这口气，实在是是可忍孰不可忍。于是决定再给妻子打个电话，讨回公道。

等我与妻子通罢电话，这才恍然大悟，原来关于我的种种传闻，早在上午便开始了：上午 10 点，当我还在北京首都机场时，从北京飞往韩国釜山的飞机失事、一百二十二人丧生的消息很快就被各大网站公之于众，从而震惊世界！我妻子所在报社的一位记者在办公室发布了这一消息后，妻子顿时脸色变白，心跳加快……因为我上午飞韩国，妻子是知道的，但她并不知道我的航班起飞的具体时间，于是急忙伸出战战兢兢的手给我拨打了电话。由于当时我身处机场热闹地带，且即将登机，开始并未听到手机的鸣叫。所以尽管妻子拨通了我的手机，却迟迟听不到我的声音。直到后来终于听到了我的声音，才长长地出了一口气。但妻子怕影响我的情绪，并未在电话里告诉我飞机失事的消息。而与此同时，我单位的领导、同事得知这一消息后，马上进行分析、查询；远在老家的哥姐弟妹们也在一片惊惶中打来询问的电话；我的一位好友还专门到网上一个一个地查找失事飞机的乘客名单，一直把一百二十二个名单从头到尾仔细查了一遍，并确认没有发现“李鸣生”三个字之后，才如释重负。

那天最难受的，还是儿子。我早上 9 点离家，是儿子将我送至门口的。但儿子同样不知道我乘坐哪趟航班，更不知道起飞的具体时间。

从上午 10 点左右起，儿子就开始不时接到我的朋友和同事从本市或外地打来的电话。打电话的人很为难，也很尴尬，很想搞清我的真实情况，又不便捅破那层纸，所以只询问我的确切航班和起飞时间，却不道出询问的目的和飞机失事的背景。不知背景的儿子因此被问得莫名其妙，直至一连接罢几个相同内容的电话，才恍然大悟，感到大事不妙，于是忙给他妈打电话。他妈这才如实相告，并说已经和我通过电话，一切平安正常。但儿子依然放心不下，并作如下推测：失事的航班与我乘坐的航班一前一后，相差仅仅几个小时，而且又是在同一天、同一方向、同一航线。倘若后一航班的飞行员受到刺激，会不会发生连锁事故呢？于是，焦急地等待我从韩国打回电话，成了儿子最漫长的一次等待，也是最苦的一次等待。本来，按时间推算，我在下午 2 点应该抵达汉城，可儿子不但 2 点没有接到我的电话，3 点、4 点没有接到我的电话，5 点、6 点没有接到我的电话，甚至已经到 7 点了，还没有接到我的电话。这一从未有过的反常现象不得不让儿子心急如焚。所以，我的电话刚一打回家里，便领受到儿子的一顿训。

当晚，整个汉城几乎都是在飞机失事的议论中度过的。而我很快获悉，我跟随的代表团本来是准备乘坐失事那个中国国际航班的，后考虑到经费问题，又改乘了韩国的航班。这一改，便改变了一百多人的命运，也留住了我的性命。

韩国总理与中国国旗

翌日上午，我们乘车去汉城国际展览中心履行会议注册手续。说来令人难以置信，头天还是阳光灿烂的汉城，一夜间突然由晴转阴，继而阴雨绵绵。于是有人说，这是老天在为昨天遇难的一百二十二位乘客流泪。我注意到，一路上看报的韩国人最多，报纸的内容主要有两条：一是韩国选民正开展总统选举准备活动，再就是昨天飞机失事的追踪报道。特别是后者，韩国的《中央日报》《朝鲜日报》等，头版头条，连篇累牍，均是重磅消息与巨幅照片。我语言不通，无法与韩国人进行心与心之交流，却能明显感到，整个汉城都笼罩在一片哀痛的阴影之中。

4 月 17 日上午，会议正式开始。

这天会议最大的热点是韩国总理李汉东将要到会场。一个一般性的国际学术会议，国家总理居然亲临会场，这在中国几乎是不可能的事情。我曾参加过由中国举办的北京 2000 年国际科普大会，那次到会的高层人物，仅是国家科委和中国科学院的头头而已，而中央级的人物一个未到。而且，我还听说，韩国总统金大中原计划这天也是要来会场的，后因临时有要事在身，才只来了总理李汉东。

李汉东到会的方式很简单，过程也很平常。即是说，他几乎是在大家还没什么感觉的情况下，便坐到了主席台上。既没有争先恐后的簇拥，也没有哗众取宠的表演，更没有惊天动地、装模作样的亮相。一切显得简单、随便，平平常常。

而且，坐上了主席台的李汉东，表现依然平常。他如同一个普通的与会者——实际上他就是一个普通的与会者，既不手舞，也不足蹈；不该他讲话时，他一句不讲；该他讲话时，他一句也没少讲。我听不懂韩语，我听的是同期直译的中国话。他的讲话不像“作指示”，也不像“作报告”，而就是一个正常的人在说着正常的话。通篇言简意赅，话语质朴实在，有点像中国的朱镕基。更重要的是，面对来自亚太地区二十八个国家的文化人，李汉东把文化讲得非常动听、非常重要、非常富有力量，甚至将文化的力量提升到了一个近似中国珠穆朗玛峰的高度。他说："21 世纪是文化的世纪。现在，推动世界的，既不是军事力量，也不是经济力量，而是看不见的文化的力量。"这令我感到非常惊讶，也是我事先没有想到的。

就凭这两句话，我记住了韩国总理李汉东。

于是我走到主席台前，大胆举起相机，要给李汉东拍照。

然而，就在我行将按动快门的一瞬间，我的手指竟下意识地停住了。我担心李汉东的保镖会一步蹿上来，突然将我拦下，而后夺走我的相机，甚至再将我一掌击倒。因为我在国内曾先后两次拍摄过中国总理，两次好不容易挤到跟前的我刚一举起相机，一脸"阶级斗争"的警卫立马一步蹿了出来，将我拦至一旁。结果，我拍下的照片不是模糊不清，便是人影全无，颇损党和国家领导人的形象。甚至有一次我在发射场拍摄，还被有关部门没收了相机。虽然相机最后还是物归原主，但总觉得不是那么回事情。但这一次，我的担心是多余的。在我举起相机的一瞬间，现场一切正常，什么也没发生，更没有出现黑脸保镖大汉。于是我便放肆开来，又往前跨了几步，而后"啪、啪、啪"，一连拍了好几张。结果，我安然无恙。

还有让我没想到的，是李汉东总理的退场。

按中国的惯例，国家领导人无论出场还是退场，都会走侧门、后门或者别的什么门，而绝不会穿场而过，更不允许有人靠近身边。但韩国的李东汉不同，他话一讲完，便自己走下主席台，从会场中间的过道从容退场。

而我的座位恰巧靠着过道，李汉东就从我的身边离开会场。由于事先我没有想到这一点，所以一见李汉东向我迎面走来，我急忙去掏包里的相机。可惜李汉东和他的卫队走得实在太快，等我掏出相机时，李汉东已和我匆匆擦肩而过。我便想，如果我是一个刺客，一定可以得手，而且轻而易举。那么身为韩国总理的李东汉，面对像我这样的"外国人"甚至普通民众，为何就能如此坦然、无所顾忌呢？

李汉东走后，会议的内容变成了文艺节目：几位漂亮的韩国小姐上台演奏古筝和歌舞表演。看似为与会者助兴，实则展示的是本国的文化。于是在韩国美女迷人的微笑和动听的乐曲声中，隆重的国际会议开始由严肃转为轻松，由忧虑变为享受。人们用情在欣赏韩国美女的同时，也用心在品味韩国的文化。会议——总理——美女——文化，如此工于心计的会议程序的设计，若是在一本正经的中国会场，恐怕无论如何都是不可思议的。

可见，争强好胜的韩国人抓住一切可乘之机宣扬、展示自己的文化，已经到了无孔不入的地步。后来有韩国代表在发言中还强调："文化大国，就是真正的强国。"当然，不可否认的是，韩国同日本一样，不少文化都是从中国学的。但他们学得认真，学得顽强，也学得"狡猾"；且学以致用，发扬光大，成效颇佳。

相比之下，中国人在会上的表现，就值得反省了。

由于此次会议是亚太地区的一个国际文化学术会议，加之中国代表团人多，所以中国在会上被排为老大，当在情理之中。但会上的中国人却缺乏老大的实力、老大的水平、老大的气派和老大的风度。实话实说，整个会场从始至终，基本是被以美国人为首的西方人和韩国人所控制的。比如，主席台上的核心贵宾、会议发言的领衔人物、引起共鸣的热门话题，以及会场的文化广告等，几乎没有中国人的份儿。即使中国代表上台发言，有的人说起话来，也底气不足，缺乏活力。不像西方代表，只要往台上一站，就有一种自信的神态、飞扬的神采和潇洒的气派。一眼望去，不一样就是不一样。

当然，西方人也有白痴、软蛋、窝囊废，但天生的人种和性格上的优势，你想抹也抹不掉。这不免让我产生了一种怀念——怀念昔日泱泱中华大国傲视天下的勃勃雄心与万丈豪情！于是我想，中国人何时才能恢复应有的自信呢？何时才能信心百倍地站在世界的讲台上，昂首挺胸、神采飞扬、语惊四座，一展秦时的雄风与汉唐的风采呢？

本来，参加这样的国际性的文化会议，是个绝佳的展示本国文化的机会。像美国、澳大利亚、日本、韩国、印尼以及香港地区等代表团，都有一个自己精心策划、精心设置的小展厅，而每个展厅上又有自己最具代表性的刊物、图片、影像资料以及能说会道的公关小姐。但中国代表团却缺乏宣扬自己、展示自己的竞争意识，或者压根儿就没有这方面的打算，连代表中国的一个小小的展厅都没有；仅带去的一点刊物，就那么多少有点不好意思地搁在一个也许是公用的也许是别人的展厅上。于是在众多排满了英文、韩文、日文的期刊中，用汉字表现的中国文化，便全被光彩夺目的西方文化给淹没了——不，准确的说法是被吞没了。

此外，会议期间，最守规矩的是“老外”。他们把开会当作一件必须完成的工作，一项自觉遵守的义务，除了休息时喝一杯咖啡，或者上一趟厕所，从不随便走动。而中国人则不同。中国是有名的会议大国，不少在官场上混的人向来热衷于开会。这类人把会场看成自己表演的舞场，露脸的天堂，一旦离开会场，就无依无靠，一钱不值。所以多年来，从上到下，提倡开会，喜欢开会，习惯开会，善于开会。开会，成了某些人价值、身份、地位的一种标识和象征，成了他们生命的另一种表现形式。但久而久之，也有不少人对开会厌倦了，就像一个人天天吃肥肉会发腻一样。所以在国内的某些会场，我们常常可见，有些人逢会就溜；即便溜不了，也是装模作样，人在会场心在外。

现在，一旦到了国际会场，随便进进出出，也就成了一种自然、一种习惯；既没有严格遵守会议秩序的耐心，也缺乏遵守公德的自觉意识。因此，在整个会议期间，我亲眼所见，自由散漫、随便进出、最不遵守会场纪律的，几乎都是中国人。

总之，几天会议给我的感觉是，中国代表团在会上总是有点让人瞧不起。一位在会上担任翻译的中国女留学生告诉我说："韩国人说，瞧，那些在会场外游来逛去、到处拿东西的，全是中国人！"所谓的"东西"，即指摆在展厅上的圆珠笔、图片等纪念品类的小玩意儿。我听了这话很伤心，有一种欲哭无泪、无地自容的感觉；但又只得认了。因为我亲眼所见，韩国人说的是事实。

本来，摆在展厅的小纪念品，如果需要，是可以拿的。如果是财大气粗的美国人、日本人拿了，拿了就拿了，在外人的眼里，很正常；但若是中国人拿了，在外人的眼里，就不正常了。因为中国人素质差、爱占小便宜，已经在西方人那里形成了一种思维定式；中国人的一举一动，在西方人的眼里，多少都带有那么一点穷酸相。究其原因，都是因为一个字："穷"。

说到穷，我在会议期间还了解到，在韩国的华侨和留学生，其实是很苦的，地位就更谈不上了。比如，韩国华侨至今没有居留证和身份证，使用的仍是国际难民证！由于没有身份证，连上网都不行。因为上网必须输入身份证号。此外，韩国华侨也没选举权。不仅没有选举权，甚至在银行办个信用卡也不行。在世界其他国家，一般都有华人街，但韩国没有，只是近两年仁川才有了一条小小的中华街。

而中国的留学生，在韩国更不容易，甚至连打工都难。一个从山东去的留学生告诉我，她托人找了好几个月，才找到一份每周只有两天的工作。可即使找到了每周两天的工作，也不可能受到公平对待。

比如说，中国留学生到餐馆打工，本来一个小时可得三千韩币，但老板一听你只会汉语不会英语，即使干同样的苦力，也只付你两千五百韩币。另外，如果只会汉语不会英语，家教也不好找；即使找到了，薪水也会低于其他国家的学生。具体原因当然很多，但最根本的一点，是你的国家穷，所以别人压根儿就瞧不起你。

但在韩国的美国人，则大不相同，要说牛，那才叫真正的“牛”——好像随便放个屁，香味都能从汉城飘到平壤。有什么办法？经济发达，国家强大，全世界都得管美元叫爹叫爷！就是日本人在韩国，也比中国人强得多。因为日本经济发达，又是邻国，韩国不是有所图，便是有所求。其实，韩国人最恨的是日本人，因为日本曾经统治奴役了韩国人整整三十年；尤其是上了点岁数的韩国人，说起日本人更是咬牙切齿，其深仇大恨似乎比中国人还要强烈。一位韩国导游告诉我说，过去韩国的出租司机只要拉上日本人，不是让车绕着汉城转上三圈，就是沿着一条街道来回跑上几趟，等最后到达目的地，钱一收，腿一伸，一脚再将日本人踹出车门。但现在不行了，为什么？日本人强大了，强大到让韩国人不敢轻举妄动了。

中国人不仅在经济上让人瞧不起，在政治上也受人歧视。比如，会议注册报到第一天，国际展览中心的门前，只挂了台湾代表团的国民党的旗帜，却没挂五星红旗。中国代表团的一位成员发现后，我们当即向会议提出意见。后经交涉协商，国际展览中心这才挂上了一面五星红旗。

但会议结束那天，又出现了降旗风波。那天下午，我和中国对外贸易经济部的严卫东先生正在国际展览中心的大堂喝咖啡，新华社高级记者赵志海先生突然急匆匆地跑过来说，外面的国旗不见了！我与齐忠良先生急忙出去一看，果然，原来飘挂在门口的五星红旗没有了。

赵志海先生又说，第一天国旗挂得好好的，昨天就被降了半旗，到了今天，连国旗的影儿都没有了！

我们几个马上找到国际展览中心有关负责人，问其缘由。对方回答说，是中国的国旗脏了，卸下来洗一洗。我们说，二十多个国家的国旗没脏，为何偏偏脏了中国的国旗？对方回答说，是旗杆坏了。我们说，二十多个国家的旗杆都是好好的，为何偏偏坏了中国的旗杆？对方回答说，我们再问问。但直至最后，这事也没个结果。

中国国旗被降下，意味着什么？是因飞机失事，还是国旗真的脏了？旗杆真的坏了？抑或别有用心不怀好意？我没有根据，姑且不下结论。但我想最根本的一点，还是国家的地位问题。本来，在亚洲，若按人口，按国土，论历史，讲文化，中国应该是当之无愧的老大。可几十年来我们热衷于搞“阶级斗争”，结果搬起石头砸自己的脚，玩火自焚。国家穷，实力上不去，自然就无面子可言，别人也就压根儿不拿你当回事。而美国的星条旗挂在韩国，从春到夏，由秋至冬，从早到晚迎着太阳伴着落日，二十四小时不停地飘呀飘，谁敢去动一下，试试看？

赌场与球场，美女与华克山庄

会议+旅游=出国，此乃中国特色。

我的韩国之行也不例外。

严肃的会议一结束，便是轻松的旅游。除汉城外，我又去了济州市、釜山市、庆州市等地。不过，出于职业的习惯，我的旅游难免或多或少带有暗访的色彩，因而即使“游”起来，也不那么轻松。

先说济州。

说济州得说济州岛。济州岛位于韩国最南端的北太平洋海上，为韩国第一大岛。此岛因受近海暖流的影响，全年气候温和，故有“韩国夏威夷”之称；又因这儿古代曾是名谓“耽罗国”的独立国家，故岛上至今还保留着独特的方言、文化与民俗习惯。所谓“三多三无”——风多、石头多、女人多，无小偷、无乞丐、无大门，即是岛上的民俗特点之一。而那个我早就熟知的、秦始皇派人寻找“灵丹妙药”的传说，就发生在这个岛上。这个传说说，秦始皇统一中国大陆后，唯一的奢望就是长生不老。一日，他听徐福说在遥远的东海有一座山叫三神山，山中神仙们采吃的都是不老草，故个个长生不老。于是秦始皇派徐福前去找回不老草。徐福砍下千年古树，做成一艘大船，携带童男童女各五百人，而后登上遥远的航海之旅，首先到达的地方便是济州岛。上岛后，徐福在海边的岩石上刻下“朝天”二字，而今这个地方就叫了“北济州郡朝天邑朝天里”。再后来徐福又登上了瀛洲山（即现在的汉拿山），找到了不老草。下山途中，徐福一行经过正房瀑布时，惊叹于那里的美丽景色，便又在岩壁上刻下了“徐福过之”四个大字。此字至1950年还依稀可见。

遗憾的是，当我来到济州岛时，徐福的手迹一如千年前的海水，早已流失得无影无踪。但我由此想到的一个问题是：秦始皇当年寻找的所谓不老草，会不会就是我在韩国购买的天字号“高丽人参”呢？

接着说釜山。

釜山是韩国的第二大城市，也是韩国有名的第一大天然港口和南端的门户，同时还是2002年亚运会的主办地。这座拥有四百万人口的城市，既是最先吸收外来文化的城市，也是埋葬外国军人最多的城市。朝鲜战争时，逃难的人纷纷来到釜山，把釜山变成了难民们生活糊口的“生存战场”；而不少在战争中不幸中弹身亡的美国军人，也几乎全都葬在了釜山。釜山不仅现在还有实力强大的美国海军基地，而且至今还保留着鲜花盛开的美军墓地。随着战争的硝烟和死亡的阴影日渐散去，在我的眼中，釜山似乎正越来越朝着人类生存本质意义的方向抵近。

不幸的是，4 月 15 日中国国航那架从北京飞往釜山的飞机即将降落釜山机场时，最终没有降落在机场而是撞到了机场左侧的一个山头上，致使一百二十二条生命惨遭不幸。4 月 20 日，即飞机失事后的第五天，当我乘坐的飞机降落釜山机场时，机场井然有序，平静如初。我走近机场候机厅的玻窗前，便看到了五天前上演了死亡悲剧的那个山头。在夕阳的映照下，山头安详平静，看不出有什么异样之处，仿佛五天前的那场悲剧从未发生以后也不会发生；山上唯一可见的，是山顶的中央插有一面白旗，不知是纪念亡者的一种标识，还是禁止入内的一种告示，或者别的什么意思。我打开相机，对准山头，刚要拍照，一位机场工作人员便急匆匆地跑了过来，一边嘟囔着韩国方言，一边比画着手势，以示禁止。

再说庆州。

庆州在公元前 57 年至公元 935 年曾是新罗的首都，拥有上千年繁荣的历史。这儿不仅有三百六十六块石头堆砌而成的亚洲最早的天文台，还是新罗时期佛教文化的圣地。但庆州给我印象最深的，还是空气。我以为，韩国以空气干净而著称，庆州尤甚。我在庆州住的宾馆临近湖泊，四周环境相当优美，当晚便睡了一个难得的好觉。我想，这很可能是空气催眠的结果。翌日清晨，我 5 点醒来，睡不着，便到湖边散步。

这个早上的空气特别新鲜，偌大的湖泊边就我一人。那一刻，在我的感觉中，仿佛所有的新鲜空气都是昨晚经过上帝亲手过滤之后，专为我预备的。我平静地望着湖面，一口接着一口，贪婪地呼吸着带有浓重韩国气味的新鲜空气，内心涌起的，是一种妙不可言的快感。毫不夸张地说，这是我被北京浑浊的空气和疯狂的沙尘迫害摧残了十四年之后，享受到的最美的一次“空气早餐”。

其实我最想说的，还是汉城。

汉城在亚洲肯定算得上一座大城市，但整个城市的表现，给人的感觉却较为平静，“熙熙攘攘”“躁动不安”之类的词语在汉城好像并不适用。这让我多少感到有点意外。但汉城的交通，不得不说是个大问题——至少在我看来是个大问题。我每次出门，几乎没有不塞车的时候。其塞车的程度，绝对超过东京，甚至直逼北京。而塞车的根本原因，在我看来还是交通的整体设计问题。不过，汉城毕竟是汉城，就像一位风韵十足的少妇伫立街头，总少不了男人多情的关注。

说到男人，不得不说说汉城的男人。韩国的男人是很爱面子的男人，而汉城男人则是最爱面子的男人。据说，汉城男人即便很穷，出门也要西装革履，昂首挺胸，步履铿锵，装出一副很阔的样子；而且从来不提包，连陪同老婆上街买点水果之类的小玩意儿，也得由老婆全部承包。韩国的一位朋友跟我讲了一个笑话，说有一汉城男人，本来很穷，穷得在家只能喝凉开水了。但出门的时候，他手上却拿着一根牙签，一边走路，一边剔牙，时不时地环顾一下四周；若遇路人，还要装模作样地打上一个饱嗝，表示在家刚刚吃过肉了。

这当然是一个笑话。但在我看来，韩国人爱面子却是事实。而韩国人爱面子的最大特点，就是在最没面子的地方，做出最有面子的事情。最典型的一个例子，便是汉城的华克山庄和世界杯足球场。

华克山庄其实就是一个娱乐场。据说，如此高档的娱乐场全世界只有三个地方有：美国、巴黎、韩国。我对华克山庄虽然早就有所耳闻，却从没机会一睹风采。

实话说，在去华克山庄之前，我是有过犹豫的。犹豫的原因不是要掏四十五美元合人民币三百八十元的门票，而是面对资本主义社会的“靡靡之音”，究竟是听还是不听？面对资本主义社会的“万丈深渊”，究竟是跳还是不跳？面对资本主义社会的美女，到底是看还是不看？面对资本主义社会的赌场，到底是进还是不进？但后来，我和十几位同行的男男女女还是出于一种职业的需要，怀着一种了解情况、探究问题的目的，坦然走进了华克山庄。

华克山庄主要有两个内容，一是表演——女人的舞台，二是赌场——男人的世界。

我先看的是女人的歌舞表演。女人的歌舞表演其实是艺女表演，或者说美女表演。表演即将开始前，我的灵魂深处曾冒出过短暂的如临大敌的感觉；可等音乐响起、大幕拉开后，我穿开裆裤时就被老师们大肆渲染过的“靡靡之音”“妖魔鬼怪”并没出现，而我亲耳听到的却是朝鲜族人民自己创造的美妙音乐，亲眼看见的是韩国人民优美的民族歌舞。

当然，在此我必须向读者坦白的是，艺女们在后来带有浓厚欧美风格的表演中，确实出现了敞开胸怀、舞蹈乳房的表演。而且随着音乐和舞情的需要，大敞胸怀的艺女们还会在众目睽睽之下，从台上走到台下，直至来到你的身旁，让你零距离地一次欣赏够。这看似有点不合常理，但这与一丝不挂的女模特坐在中央美术学院的课堂上，让数十个乃至上百个男生尽情挥毫涂抹有什么两样？因为在华克山庄，袒胸露乳，不过是女性一种艺术美的极致展示而已，它区别于其他一些纯属色情的低俗表演。何况，女人之乳，是人类美的典型、美的精华、美的山峰、美的极致。当音乐和舞情发展到了那一步，让女人之乳随同情感的音乐一起疯狂，随同生命的舞蹈一起舞蹈，伴着心灵的歌唱一起歌唱，是再自然不过的事情。此时，不袒不露，就很难表达女人的某种情感。这好比一个极有游泳天赋的姑娘已经到了游泳池边，不脱掉衣服裤子，露出“三点式”，反倒不正常了。

其实，华克山庄之夜真正令我惊讶、让我欣赏的，并非是欧美艺女们在台上纵情舞蹈的乳，而是数十位艺女们在众目睽睽之下大胆敞开自己雪白的胸怀，用人间最美丽、最动人、最具摧毁男人力量和最富升华男人精神的双乳横扫天下男人时所展示出来的那份豪迈、那份骄傲、那份坦然和那份自信！

看罢女人的歌舞表演，我又走进了赌场。我进赌场当然不是赌，而是暗访。

韩国的赌场共有十三个。所有赌场都须经政府批准允许，并均设在受法律保护的特级饭店；且韩国政府有明文规定：凡韩国人者，一律不准进赌场。所以，在韩国，凡进赌场者均是外国人，且必须持有护照，经门口工作人员验明身份后，方可入内。这点不像中国，未经政府许可，有人便私设赌场。尤其某些地方，钻进一个巷子，就有两个赌场。男女老少齐上阵，不分白夜与春秋。而且，越穷越赌，越赌越穷；越输越赌，越赌越输。

在韩国的十三个赌场中，华克山庄是全国最早的、独一无二的国际化大赌场。其历史悠久，规模浩大，乃韩国之最。由于我是第一次走进如此神秘如此气派的世界级大赌场，说实话，心里多少有点紧张。而紧张的根本原因，是我从小接受的是“资本主义社会是最黑暗、最肮脏的社会”之类的教育，所以担心赌场里会突然蹿出几个戴着墨镜、一脸横肉的打手，或者流里流气、一脸坏笑的流氓。

然而，当我走进赌场，实际情况与我此前的想象完全相反。刚到赌场门口，便有漂亮的小姐笑脸相迎，热情问候；进了赌场，也有漂亮可人的小姐接待，风度绅士的男士伺候；赌场宽阔深广，气魄宏大，声势豪壮，光赌桌大概就有好几百张。我有意绕着赌场转了两圈，既未碰到戴着墨镜、一脸横肉的打手，也没发现流里流气、一脸坏笑的流氓，而一切都按游戏规则在运行，与我在国内见到的赌场判若两样。几年前，我曾对国内某地的地下赌场进行过暗访。那天我一进赌场，就见赌桌的四周，站着几个从墨镜下透出杀气与凶光的壮汉，他们警惕的目光盯着赌场的每个角落，反复在每个赌徒的脸上扫来扫去，还不时吆喝两声，把本来就紧张的气氛搞得越发紧张；而赌徒们个个赤膊上阵，紧绷的脸上见不到一丝玩乐的笑容，仿佛把每一个投下的筹码都看作一生的幸福！

而华克山庄给我的感觉不同。整个赌场在或明或暗的灯光的映照下，在不露声色、或善或恶的老板和冷热相间、温柔可爱的小姐们的把玩中，既给人一种挥金如土的感觉，又释放出一种其乐融融的味道。只要你置身其中，便可享受到百家乐、21点、轮盘、吃角子老虎等各种游戏给你带来的兴奋与欢乐。而且一年三百六十五天，天天二十四小时恭候。在一种人造的安乐和祥、兴味十足的气氛中，让你掏钱接受的，好像不是输赢的命运，而是游戏的娱乐。

于是，在一位同伴的教导下，我怀着玩一把的游戏心理，装着一副要赌的样子，来到一个柜台前，从一位漂亮的韩国小姐手上买下五万元韩币的筹码，而后融进赌博的人群……十分钟后，我再悄悄退出，走至另一柜台，将手中并未投放过的筹码再兑换成五万元的钞票。结果，我便意想不到地收获了一枚刻有“华克山庄”字样的精美的钥匙链。——如此一场假赌下来，不输不赢，正好，还赚了一个小小的钥匙链。

走出华克山庄赌场大门的那一瞬间，我似乎忽然明白了一个道理：所谓赌场，不过就是一个娱乐场；输赢不是目的，玩乐才是实质。当然，如果你真要用人生去赌输赢，那是你自己的选择问题。但是，愿赌就要服输，正如我儿子李星在他的一篇作文《愿赌服输》中所言："……既然参与了这个赌局，便肯定会有两个结果：或输或赢。不要幻想其中一个必定属于你，也许你只是别人的牺牲品。看开点，这只是一个传统的病态的赌局。愿赌就要服输。"

再说汉城世界杯足球场。

汉城世界杯足球场是汉城留在我记忆中的一个亮点。由于我喜欢足球，儿子也喜欢足球，所以到了即将举办世界杯的韩国，足球场是必去无疑的了。此前我已去了济州世界杯足球场，那也是中国队即将拼杀的另一战场。那天我们坐在球场内，提前演练了一下为中国队助威加油的阵容，喊声高亢，群情昂扬，并对两个月后中国队将在那里举行的比赛做了预测。

汉城世界杯足球场位于汉城以西。这是一个可容纳六万五千人的足球场，气势沉雄，宏伟壮阔，身临其境，给人一种纵有千军万马也势不可当的感觉。可谁能想象得到，一年半以前，这座如此宏大气派的足球场，竟是一座高九十八米、占地面积三千四百平方米、谁见了都避之不及的臭气熏天的垃圾场！据说，生活在这儿附近的汉城居民们，除了每天要将自己的垃圾堆放在此，还要接纳汉城本市和邻近市区运来的一堆又一堆的垃圾。所以这儿年年臭气熏天，日日蝇虫狂舞，被汉城市民称为"大韩垃圾城"！

然而，为了成功举办2002年世界杯，别具慧眼的韩国人痛下决心，经过精心设计，艰苦努力，硬是在这个韩国最大的垃圾场上，用最短的时间，变废为宝，成功地建起了一座亚洲一流的足球场。至于那些已被深埋于足球场下的成千上万吨浩瀚如海的垃圾，据有关人士介绍，经专家们科学处理后，再变为沼气，可供整个汉城享用五十年之久！

而与世界杯足球场毗邻而居的，是汉城2002年世界杯主题公园。该公园同样建在汉城的垃圾场上，时间只用了十七个月，现在已是芳草茵茵，绿色葱葱，湖泊环绕，游客如云。公园开放那天，韩国总统全大中亲临现场为其剪彩。由此我想到了环绕汉城日夜流淌的汉江。汉江在80年代前曾是世界上最大的、也是最臭名昭著的臭水沟。但1988年，韩国要举办奥运会，政府一声令下，立即动手整治。三年零五个月后，汉江水便由原来的臭水，变成了二级水。有了清澈的汉江水日夜流淌，汉城容颜，从此大变。

什么是气魄？我想这就是韩国人的气魄！什么是面子？我想这就是韩国人的面子！

那天，当我站在足球场边望着涌动的游人、绿色的草坪，回忆起中国足球二十年恐韩的历史，再想象着两个月后中国队将在这个场地披挂上阵、对抗韩国劲敌的情景，心中难免有些感慨。为了缓解胸中的闷气，我与身边一位韩国导游聊天。聊到足球，对方立马露出得意的神情，把韩国队员一一夸了一番。后来，我问到韩国年轻人的情况，这位导游告诉我说，在韩国，凡年满十八岁者，国家法律规定，必须当兵二十六个月；而考上大学者，既可先当兵，再上大学，也可先上大学，再去当兵，反正都得吃上二十六个月的军粮，拿上二十六个月的军饷。

说者无意，听者有心，身为军人的我突然间恍然大悟：一个男人经过军事训练和没有经过军事训练，其身体素质和心理素质以及搏杀精神，是绝对不同的。韩国足球队员由于个个都曾经是军人，而中国足球队员几乎都是清一色的百姓，所以每次韩国队与中国队打比赛时，等于正规军打游击队，岂有不赢之理！虽说这一原因未必是唯一的、一定的，但至少是不可忽视的，值得借鉴的。

看来，无论是在赌场、足球场，还是人生的其他什么竞技场，输与赢，关键是人——人的素质、人的品格与人的精神。

分端何时结束？ 统一怎样开始？

作为一个军旅作家，到闻名世界的三八线去看一看，是我渴望已久的事情。

2002 年 4 月 23 日上午 9 点，我从汉城驱车出发，沿着“自由路”，由南向北，前往举世闻名的三八线。

韩国朋友告诉我，昔日的“自由路”是一条乡间羊肠小道，韩国总统全斗焕当政时，要去板门店与朝鲜和谈，便下令抢修、拓展了此道，并命名为“自由路”。现经“自由路”从汉城到板门店，只需一个小时。

说来很巧，这天正值韩国军队军事演习。“自由路”的两旁，坦克林立，遍地掩体，一排排荷枪实弹的士兵巍然挺立，一辆辆军车不时隆隆驶过，给人一种如临大敌奔赴战场的紧张感；头顶的上方，是数十架清一色的美式巡逻直升机，盘旋于洒满阳光的天空，发出嗡嗡不停的声响；而最吸引我的，还是“自由路”两边一堵堵用石头和泥沙砌起的土墙，这些土墙韩国人称为“五分墙”。所谓“五分墙”，即战争一旦爆发，坦克在五分钟之内必须将这土墙推倒，以阻止、延缓朝鲜的军事进攻。据韩国军事专家预测，一旦战争爆发，朝鲜军只需一分四十秒便可抵达汉城，这就要求韩国的第一线军事力量必须顶住前三分钟；而要想赢得整场战争，汉城则必须顶住前三天！因为美国的航空母舰，需要三天时间才能抵达汉城。

汽车驶过一段路程，来到离朝鲜领土不远的临津阁。临津阁存放着有关朝鲜的不少资料和画报以及朝鲜战争期间曾经投入使用过的飞机、坦克和大炮。临津阁的左侧，“和平石”静静卧立。“和平石”从世界各国的战场搜集而来，上面刻录着与朝鲜战争相关的史实，旨在告诫今天有幸活着的人们，莫忘那场战争以及在那场战争中死去的士兵；而与“和平石”相对应的，则是一口巨大的专供人们祈愿和平的“和平钟”。临津阁的左后方，是令人伤感的“自由桥”。1953 年 7 月 27 日，朝鲜战争停战协议在板门店签署后，为交换战俘，韩朝双方在此架起了一座长八十三米、可沟通韩朝领土的木桥，于是一万二千七百七十三名战俘通过此桥回到了故乡的怀抱，故此得名“自由桥”。“自由桥”桥头的左侧，塑有一石碑，上书“望乡”二字。“望乡”碑的背后二十米处，便是“望拜坛”。韩国人思念朝鲜的亲人而又无法越过三八线，便在此建造了“望拜坛”，每逢清明时节，思念朝鲜亲人的韩国人便纷纷到此，先点燃一炷香火，再面北跪地，磕上三个响头，以寄哀思。

韩国朋友告诉我，从 2001 年起，韩国政府大为开恩，首次允许韩朝亲人在汉城相聚；但相聚的人数限定一百人，且须在指定的地点、规定的时间内相见，不得回家，更不能到处走动。有一位韩国老太太，当得知盼望了几十年的儿子终于可以从朝鲜来汉城时，当场晕倒，被送进了医院。所以当儿子从朝鲜匆匆赶到汉城时，老太太错过了预定的时间、指定的地点，最终还是未能与儿子相见。据我后来了解，韩朝至少还有一百多万骨肉分离的亲人未能获得相见的机会。

从临津阁再往北，便踏上了警卫森严的“统一大桥”。“统一大桥”检查严密，气氛紧张，所有路经此桥的过往行人，一律不准下车，更不准拍照，一旦发现有人拍照，立即收缴胶卷，当场曝光。我们的车刚一停下，一个荷枪实弹、满脸涂着油彩的韩国士兵便来到车上，逐个验证护照。士兵形象实在诱人，我乘士兵低头认真检查别人护照之机，偷偷拿出相机，快速按下快门，不料闪光灯一闪，被士兵发现，立即对我制止。我佯装不懂，摆手表示歉意。也许同为军人，心有默契，士兵居然破例没有收缴我的胶卷。

过了“统一大桥”，进入一个神秘山谷。山谷岗哨林立，戒备森严，一路都是地下工事及荷枪实弹的韩国士兵；两边的石壁和电线杆上，则随处可见“恒在战场”“认真站岗”等韩文标语。等车走到再也不能往北走的地方，便见到举世闻名的三八线了。

三八线是位于朝鲜半岛上北纬三十八度附近的一条军事分界线。“二战”末期，盟国协议以朝鲜半岛北纬三十八度线作为苏、美两国对日军事行动和受降范围的暂时分界线，北部为苏军受降区，南部为美军受降区。日本投降后，此地成为韩国和朝鲜的临时分界线，通称三八线。朝鲜战争结束后，在三八线的基础上调整南北军事分界线，划定临时军事分界线两侧各两公里内为非军事区，习惯仍称三八线。

非常遗憾的是，我眼前这条长二百四十六公里、宽四公里的三八线，与我此前想象中的三八线完全不同，倒与我十年前在中越边界看到的“百米生死线”感觉十分相似：未见时充满好奇与神往，见了后又觉平淡无奇。

不过，身为军人，站在三八线前，用不着低头，也能闻到一股浓浓的血腥气息！

半个世纪前发生在我脚下的那场战争，据说一共死了大约三百万人（包括军人和百姓），其中中国志愿军就达数十万！关于中国志愿军死亡的确切人数，我所知的版本有好几个，有的说十三万，有的说十五万，有的说三十万，甚至还有的说七十万！此次韩国行，我也有意做过调查，但到底是多少，依然无法确定。但我想，当数十万鲜活的生命化作一串长长的冰冷的数字后，无论多少都是一件令人极其痛心的事情。

而更令人痛心的，还有那二万一千名志愿军战俘！在这二万一千名志愿军战俘中，有六千多人有幸活着回到了祖国大陆，一万四千多人有幸活着去了祖国台湾。志愿军六十军一〇八师政治部主任吴成，是志愿军战俘中职务最高的一位。据他后来回忆，这六千多名志愿军战俘回到祖国大陆后，全部集中在辽西昌图县，一面学习形势，一面恢复身体，后来就开始交代问题。在交代问题的过程中，当时始终贯穿的指导思想是：第一，不管在什么情况下，被俘本身就是右倾怕死，就是可耻；否则，你为什么不和敌人拼死或自尽呢？第二，一个怕死被俘的人，怎么可能和敌人做坚决的斗争呢？因此只能交代过错，不准谈有功，功过更不能相抵。第三，只能在主观上深挖错误原因，不能从客观上找理由。于是在这种极“左”思想的支配下，拼死回归祖国的这六千多名志愿军战俘，几乎都被认为是右倾、怕死、变节！最后的处理结果是：除几个人以外，六千多名志愿军战俘几乎全被终身控制使用，党员百分之九十八被开除党籍！而老兵王二根则回忆说，连长以下的人都被安置回了原籍。对于我们的军龄，只承认被俘以前的，在战俘营中的两年多时间，不被视作军龄；在战俘营中的顽强不屈的斗争，也被一笔勾销了！人家一说就是："你们比刘胡兰怎样？比狼牙山五壮士怎样?"其言外之意等于说，你当了俘虏，就不应该活着回来！

至于去了台湾的一万四千多名志愿军战俘，在此我只说两个细节：一是送往"心战总队"，天天强行洗脑；二是在手臂上强制刺上"反共抗俄"四字，以断绝回大陆的后路。最后各自的命运，可想而知。

而此时此刻，尽管战争已经结束了五十余年，但韩朝双方依然戒备森严，剑拔弩张；依然恨之入骨，寸步不让。据悉，五十多年来，非军事区两边双方共部署着大约一百五十万的兵力，使这里成了世界上驻守军人最多的军事分界线。据韩国国家情报院评估，目前朝军在三八线非军事区一带部署有一万三千门火炮与多管火箭炮，而远程火炮则具有打到韩国汉城的能力，因为汉城离分界线只有五十公里。故有专家说，汉城如遭朝鲜首轮炮击，"打回五十年前"的可能性是存在的。因为朝鲜远程炮兵掌握一整套"打了就躲"和"打了就换阵地"的战术，并能在七十五秒内完成"发射—返回地下坑道"的全过程；而火箭炮打完全部火箭弹，只需要四十四秒钟便能很快消失在地下坑道。

可惜，韩朝相互敌视的结果，是韩国乘上了现代化的快车，成了亚洲的富翁；而朝鲜实行锁国政策，最多算个中农。

一位韩国朋友告诉我说，由于穷，朝鲜每年都有上百个"投奔自由的人"不顾死活地奔向韩国。有的被遣送回去后，或残，或死；而那些有幸活下来的人，也会再次跑去韩国。凡过来者，韩国送给三千万韩币，先让你住下，然后再盯上你三年，等考核合格，再还你自由。这些人到了韩国后，干点料理之类的买卖，居然也赚了不少钱，日子很快由穷变富。

据说，由于南富北穷，悬殊甚大，有的韩国人一想到朝鲜人，马上便会想到“穷鸟入怀”这句中国成语。所以相当多的韩国人尤其是韩国富人，最怕的就是朝鲜人在某个黄昏或者某个清晨，突然从天而降，奔袭汉城！不过，近几年韩朝关系有所改善，2000 年，韩国派了一个合唱团去朝鲜演出，朝鲜也派了一个马戏团到韩国来表演，结果彼此都很欢迎。后来韩国还为朝鲜送去了大米，但很快就有韩国人站出来反对，说，这些送去的大米如果被朝鲜政府拿去作了军粮，喂饱了士兵再过来打我们，怎么办？后来韩国便改送化肥，意思显而易见：你们不是天天都在疯狂呼喊“自力更生，丰衣足食”嘛，那就自己种地去吧！

站在三八线前，最能看清朝鲜的地方，当属罗山瞭望塔；而罗山瞭望塔最先吸引我的，是瞭望塔上方用韩文赫然写着的一句标语：

分端的结束，统一的开始！

此类标语在韩国不少，唯独写在这里，让人感到很有分量，意味深长。

走进罗山瞭望塔，向北望去，一片苍茫忧郁的朝鲜领地便尽收眼底。我刚一坐下，一位英俊的韩国军人便行了一个标准的韩国军礼，而后手持一根指挥棒，一边指点着朝鲜，一边讲解说：“现在我们所处的位置，距汉城四十公里，离北韩十二公里。前面，便是南北禁止入内的军事缓冲区……”军人讲毕，又道，“这儿有两架望远镜，愿意观看者，可仔细观看。”

我走到望远镜前，从正前方向北望去，中间长二百多公里、宽四公里的地方便是南北的缓冲地带。缓冲地带里有一片小树林，似乎隐约可见一个小湖泊；再远处，便是朝鲜的松岳山和开城市郊区了。这里与韩国相同的，是清新舒展的蓝天白云；不一样的，是死气沉沉的荒芜山脉。据说，朝鲜为防止有人逃到韩国，有利于边防卫士对“叛国者”的监视，曾下令砍光沿线山上的所有树木。所以，此刻在我的眼里，位于三八线附近北边的所有的山头，一个个都像被人剃光了头发的脑袋。

而右前方四点五公里处，便是著名的板门店。板门店是三八线上离朝鲜最近的地方，因当年参加朝鲜战争停战协议的中国代表在会谈场所附近的一家商店标注了“板门店”三个字而得名。板门店以军事分界线为中心，为直径八百米的圆形，由联合国军和朝鲜军共同警备，故又称共同警备区域，属韩朝双方行政管辖权之外的特殊地段，现为韩朝双方会晤及开会场所。自 1953 年 7 月 27 日韩朝双方在板门店签订停战协议以来，板门店在半个多世纪的岁月中始终被紧张的气氛笼罩着，因而成为举世瞩目的神秘之地。但自 1972 年 7 月 4 日韩朝共同宣言发表后，板门店便成了韩朝首脑会晤的场所和红十字会的聚集之地。

板门店的旁边，是一座塔，塔上迎风飘扬着一面旗。旗为白色，阳光下，像在昭示着什么。这面白色的旗，是韩国的旗。而对面的上空，同样也迎风飘扬着一面旗。旗为红色，阳光下，又似乎在诉说着什么。这面红色的旗，是朝鲜的旗。朝鲜的旗高达一百五十八米，威严高大，挺拔耀眼，号称“世界最高之旗”。这面“世界最高之旗”此刻正迎着金色的阳光呼呼飘舞，在我眼里简直就像一团熊熊燃烧的火焰，在疯狂地扇动着半个天空。半个多世纪来，韩旗朝旗，一白一红，相距仅一点八公里，遥相厮守，相对而立；彼此敌视，又相依为命。两面旗帜如同两位重量级的拳手，谁都恨不得一拳打倒对方，但又谁都不便轻易出手。

此时此刻，望着不在一种社会制度却偏偏又在同一国土、同一蓝天下猎猎飘展的两面国旗，我内心有一种说不出的感慨。旗帜对一个民族当然重要，但一个民族如果只靠高举旗帜、空喊主义，即使旗帜举得再高、主义喊得再响，恐怕也不能御寒充饥、强国富民。关键的是要尊重历史发展的客观规律，顺应世界文明发展的趋势。韩国与朝鲜，同样的传统文化，差不多的国土面积，基本相似的自然资源。然而由于制度不同，二者的差别，几乎一个是天堂一个是地狱。

再往西望去，便是朝鲜军方悄悄挖掘的第三地道。也许是受了中国地道战的影响，朝鲜从本土穿过三八线，暗中挖了不少从朝鲜通往韩国的地道。当时已被韩国发现的，有一号地道、二号地道、三号地道和四号地道。据知情者向我介绍，这些地道四周都是花岗岩，土质极硬，是非常难挖的。但朝鲜人硬是靠着自己的一种精神，一寸一寸地挖了一个又一个的地道，而且准备一直挖到汉城。不料还未挖到汉城，就被韩国发现了，韩国立即向朝鲜提出抗议！朝鲜则回应说，我们本来是挖煤的，一不小心，便挖到你们那边去了。

此刻呈现在我眼前的三号地道，便是 1978 年 6 月被韩国发现的。这个地道高两米、宽两米、总长一千六百三十五米。据韩国军界权威人士测算，三号地道在一小时内，可通过一万名荷枪实弹、全副武装的士兵。倘若朝鲜这一“地下阴谋”真的得逞，别的不论，至少会把韩国人吓一大跳。据说，类似的地道，朝鲜大概一共挖了二十七条。因此，韩国政府和韩国军方认为，朝鲜挖掘的这些特殊地道，还有一个作用，那就是准备用来搞核试验的。

看来，尽管朝鲜战争已经结束了几十年，但朝鲜一直没有忘记韩国。

一位刚从朝鲜归来的朋友告诉我，现在的朝鲜的确很穷；而穷的重要原因，是朝鲜政府不惜血本、不顾代价将经费投入军事。2001 年朝鲜搞了一个十多万正规军的军事演习，声势浩大壮观；2002 年又搞了一个十多万非正规军即民兵的军事演习，声势同样浩大壮观。看来，朝鲜人的战斗精神的确非同一般；而全民皆兵，强化军事，重振军威，估计是未来重要的战略决策。据知情军方人士透露，朝鲜现有军队一百二十万，韩国却只有六十多万。韩国即使加上驻在本国的三万五千名美军，也不过是朝鲜的一半。倘若两家真的动起手来，最终谁是赢家谁是败寇，难说得很呢！

我忽然想起柏林墙。历史已经证明：这个世界没有永远不倒的墙。而我脚下的三八线也同样证明：韩国朝鲜虽然仅一“线”之隔，但社会制度不同，结果一定不同。

我转而又想到中国大陆和中国台湾。现在，柏林墙推倒了，西德、东德统一了。全世界水陆分离的国家，只剩下中国了；而全世界陆地分隔的民族，也只剩下韩国和朝鲜了。虽然统一是历史发展的趋势，但韩国和台湾，毕竟都是美国手中的一张牌——一张随机应变、伺机出手的政治王牌！因此，韩国与朝鲜、中国大陆与中国台湾，到底何时统一，怎么统一，恐怕只有历史老人知道了。

告别三八线，已近傍晚时分。我回头望了望罗山瞭望塔，再次把目光落在瞭望塔上方那幅意味深长的标语上：

分端的结束，统一的开始！

但愿，世界上所有的分端都尽快结束，所有的统一都真正开始。

2002 **年** 5 **月** 1 **日于北京**

爱是一种痛

2002年8月上旬的一天，儿子收到了北京电影学院的录取通知书。当儿子和妻子打电话告诉我这一消息时，远在成都探望母亲的我，流泪了。

儿子考北京电影学院的事说来有点偶然。

儿子从小就不属于那种循规蹈矩的“乖孩子”，性格中似乎天生就有一种桀骜不驯甚至“叛逆”的基因。已经上高二了，老师还向我反映说，你家李星，在课堂上百分之九十以上的时间都不听课。这百分之九十以上“上”到多少，老师没说，我估计有时“上”到百分之九十五乃至百分之百，也不是没有可能的。儿子对一般孩子感兴趣的事，好像都没什么兴趣，比如在学校“争取”什么“进步”，到天安门“庆”什么“国庆”，去街头贴什么“标语”，到路边“学”什么“雷锋”等。以致后来高中都毕业了，他的同学有的都加入共产党了，他却连个团都没“混”进去。

什么原因？是儿子的思想品质有问题吗？不是，儿子的思想品质绝对没有问题；是儿子不爱学习吗？也不是，儿子绝对是个热爱学习的好学生。他不爱学的，是教育部规定的那些课本；他不感兴趣的，是中国的教学模式；他不屑一顾甚至极其厌恶的，是那些每天必须要做的无聊的作业和三天两头就要来上一次的考试。儿子天资聪明，七岁就开始写科幻小说，九岁便写出了至少在我看来是极富想象力的精彩片段。比如，他在一篇科幻小说里曾这样写道："当外星人向D星球发起攻击时，由于D星球曾有恩于地球，所以地球球长下令：用地球去挡住外星人射向D星球的子弹！"

有着如此惊人的想象力的孩子，在中国不少。倘若我们的教育能顺应孩子的天性一路培养下去，我想我们民族的某些创造力，在世界上是能够数一数二的，至少是可以比现在牛气的。可惜，随着中国的"高考风"像当年的"文革风"一样在中国大地越刮越猛，孩子们的考分越来越高，想象力和创造力越来越低，不少所谓的"知识"，几乎都是社会逼着他们去学而不是他们自己要学的；而所有的学，也几乎都是为家长而学、为老师而学、为考试而学；尤其是那一堆又一堆无聊的"作业"和一次又一次为了考试的"考试"，让儿子、也让中国的大多数孩子处于一种不愿学又不得不学的痛苦的煎熬之中。

我对一味追求考分向来嗤之以鼻，发自心底不愿让儿子把宝贵的生命耗费在那些无聊的"考试"中，便睁只眼闭只眼，既不反对他应付考试，也不给他规定考分的指标。考好了从不表扬，考差了也不当回事情。而注重的是对他的人格、品质、精神、志向以及自信心、思维方式、文化素质、心理素质以及独立思考能力的教育培养，尤其尊重他个人的兴趣和意愿。也就是说，他喜欢学什么，愿意干什么，均由他自己决定。比如，儿子上高二时，我曾建议他读文科班，他却先斩后奏，自作主张上了理科班。尽管我内心深感遗憾，但为尊重他的选择，也就心甘情愿地由他去了。而且从小到大，他可以不叫我"爸"，而直呼"李鸣生"。为的是能让他至少在家里可以获得并享受到一种难得的自由和民主的权利。

上高三后，别的孩子早就憋足了劲儿，瞄准了"重点"，儿子却还在梦游似的，甚至高考好像跟他没什么关系似的；至于打算考什么学校，想学什么专业，他更是一概“不知道”。每天该学照学，该玩照玩，好像大学对他来说，还是一个要等到明天早上醒来才知道的梦。

其实，就我的观点而言，孩子考什么学校，我认为并不重要，重要的是孩子自己喜欢的专业。因为一个人的职业是否称心如意，对身心有着极大的影响。称心者，一帆风顺；失意者，苦闷一生。本来，我曾希望儿子学法律，做一名律师，既为中国的老百姓办点公道的事情，又为创建中国真正的法治社会贡献自己的微薄之力。可他一意孤行，自己上了理科班，现在只能从理科挑选专业。于是我让妻子为儿子挑选一个专业。可妻子查找了一个晚上，也没找到她认为适合儿子报考的专业。我只好亲自披挂上阵，用了整整一个晚上，把全国所有理科大学的专业都查了一遍，结果还是没有找到一个至少我认为适合儿子学的专业。

我和妻子这才有点急了。

就在这时，即 2001 年 2 月底的一天，儿子放学回家，扔下书包，便向她妈要一百元钱。他妈问他要钱干什么，他说他想考北京电影学院，要交报名费。说话的口气，好像这事儿他已经定了，只是顺便通报一声而已。我听后却非常生气，说，北影是文科，你知道吗？儿子说知道，北影文理兼收。我说你怎么知道？儿子这才从书包里拿出一份招生简章递到我的手上。

原来，艺术院校的招生简章当天已经进校。儿子放学前和几个同学正在教室玩耍，一架纸飞机突然飘落脚下。儿子捡起来刚要投掷出去，却一眼瞥见了“北京电影学院”几个大字，急忙打开一看——一个不知天高地厚的高考梦就这样诞生了。

但我还是强忍着问了一句，你报什么专业呢？儿子随口答道，导演系。什么？导演系?！我一听，简直是气急败坏，恼羞成怒，差点没被气晕过去。心想这孩子不是吃错了药，肯定就是神经被“考试”考出了毛病！一个年仅十七岁的中学生，连胡子都还没有，居然要考“北京电影学院”，而且还是“导演系”！真是不知天高地厚、狂妄至极！简直太天真、太过分、太自以为是了！自己怎么也不过脑子好好想想，北影导演系是你考的吗？你以为你是谁呀，你以为你是中国的陈凯歌、美国的卡梅隆、日本的黑泽明、意大利的安东尼奥尼啊？再说了，高考是靠分数论成败，不是凭兴趣定乾坤；北影又不是你家的，想考就考啊？神经病！

可是，高考在即，哪家的孩子不是爷啊！没办法，我不能对着儿子发火，只有忍气吞声，关上门才敢生气。

后来，妻子安慰我说，他要去考，就让他去吧，他现在有一个目标，总比过去什么都“不知道”好；再说了，让他去考一次，尝尝苦头，就当成高考前的一次演练，有什么不好，不就是给他一百块钱吗？听妻子这么一说，觉得也有道理；再冷静一想，儿子除了考文艺之类的院校沾点边，其他还真不合适，那就让他去试试吧，反正现在已经是华山一条道，别无选择了。

儿子去北影初试那天早上，我说陪他去，他不同意，说：你去干吗？是我考还是你考？我只好拍了拍儿子稚嫩的肩膀，目送着他下了楼，然后站在窗前，远远地看着他骑车上路，像往常上学一样，走了。

虽说我对儿子自作主张、报考北影一事耿耿于怀，但儿子走后，我对他考试之事还是一直惦记在心。下午 5 点，儿子回来了，我问儿子考的什么，儿子说上午命题作文，当场写一个电影故事，题目是《一念之差》；下午先看一部电影，再当场写一篇读后感似的小评论，题目自拟。我拟的题目是《音乐与细节的胜利》。接着，我让儿子把他写的故事和评论给我大致复述了一遍。我听完后被震得目瞪口呆，好像刚刚才认识儿子似的。儿子的《一念之差》不仅写得相当深刻，而且《音乐与细节的胜利》也评得非常大胆——他居然对电影提出了三点批评意见（后来我才知道，这部考试电影，是北影院长、著名导演谢飞的经典作品）。于是我忍不住口出狂言：儿子，你是天才！如果电影学院的老师认真看了你的考卷，他们还不收你，全瞎了眼睛！

结果，儿子过了初试、复试，接着又过了三试。最后竟榜上有名，拿到了北京电影学院导演系的专业合格证！

直至这时，我似乎才第一次认识了儿子。

遗憾的是，由于没有经验，误以为考艺术院校用不着太高的文化分，所以儿子拿到专业合格证后，并未全力对付文化考试。虽然考了四百多分，最后还是因八分之差，被北影淘汰出局，而只领到了另一所普通大学的录取通知书。

无疑，这对儿子和我以及妻子，都是一个沉重的打击。怎么办？一是凑合上个大学，二是复读，三是干脆背对大学。但儿子当即表示：复读一年，明年再考！且态度非常坚决。我知道儿子用不着安慰，可还是问道，如果北影还考不上，怎么办？儿子说，那就考政法大学法律系。我说好，这才是真正的男子汉！人就要这样，能进，也能退。而且要活，就要活得像个人样，就是死，也要死得轰轰烈烈，即便在你倒下的那一刻，也要压倒一大片！何况现在你还站着，只是退了一步。但退步不等于退缩！说到这里，我问儿子，你知道跳远吗？儿子答，知道。我又问，跳远时为什么要后退？儿子答，为了跳得更远！

接下来，经全家商量，很快便制定出一个基本方针：复读一年，将理科改成文科，明年再考！

但“明年再考”，谈何容易！北影导演系万一不招怎么办？即使要招，专业通不过咋办？考北影最难的是专业，而所有专业中最难的是导演系。报考北影的考生，每年少则几千，多则上万，明年肯定只多不少；加上导演系又转向社会招生，年龄扩展到二十五岁，且只有十个招生指标！因此不仅专业会越来越难，文化分也会越来越高。更何况，儿子是二次闯关，必然是难上加难！于是不少朋友劝我说，你让儿子选择复读风险太大，由理科突然改文科，风险更大！既然儿子有学上，不如让他先上了再说。虽然大学不理想，但考上了总比没有考上好。就像坐火车，虽然没有卧铺，但有个硬座总比站着强。

但我以为，在选择考哪所大学和学什么专业上，父母不应该违背孩子的意愿。即使孩子愿意去擦皮鞋，也应得到父母的尊重。更何况，我对儿子充满信心。儿子根本的问题是不适合学理科，且反感考试。如果让他暂时委屈一下，转变认识，改学文科，分数肯定更好。即便明年还考不上重点，至少在其他专业上可以满足他的愿望。甚至我对儿子说，只要你愿意，抛弃大学不上，也是一种选择。一个人行不行不在于上不上大学，也不在于上什么样的大学，而取决于天赋和勤奋、执着与坚韧。不信你去翻翻古今中外的历史，凡伟人者，没上过大学的，肯定比上过大学的多！给你十年二十年时间，你愿干什么干什么。如果你现在就写科幻小说，肯定能成一个优秀的科幻小说家。要是实在混不下去，再到国外闯荡世界，二十年后再煮酒论英雄。行，怎么都行；不行，就是布什总统让你上哈佛，也不行！

问题想透了，听天由命，顺其自然。每天，我写我的文章，儿子读他喜欢读的书，什么《史记》《资治通鉴》《鲁迅全集》《金庸全集》等，儿子读得津津有味如痴如醉。愿看什么看什么，愿想什么想什么，父母不过问，老师管不着。闲暇时，我和儿子侃足球，谈文学，聊艺术，优哉游哉，半年一晃而过。外界想象的复读生的什么压力，我并无太大的感觉；而儿子失意的伤痛，也似乎早已忘记。

但儿子唯独没有忘记的，是北影导演系！2002 年 2 月中旬的一天，儿子又拿回一份北影的招生简章。我一看，导演系要招生，非常高兴。但我还是明知故问，儿子，还考不考？儿子反问道，还用说吗？我说好，要的就是你这股不服输的劲儿！

为了增加高考的保险系数，同时也想检验一下儿子到底适不适合学艺术，我让儿子报了中国最著名的四大艺术院校：北京电影学院导演系，中央戏剧学院文学编剧系，上海戏剧学院文学编剧系，北京广播学院导演、编剧系。然后我和儿子并肩作战。我们不仅制订了考试日程计划表和应试策略，还对每个院校、每个专业的考试特点进行了分析，然后再商讨专业考试中的一些问题。

北影初试开始了。考试那天，我说陪儿子去，儿子还是坚决不同意，我只好目送儿子单枪匹马，孤身一人，再度出征！于是，儿子今天跨进北影，明天步入中戏，后天现身北广，大后天再亮相上戏。考完导演专业，再考文学编剧，考了初试考复试，考了复试考三试……

这段时间里，是我和儿子最贴心的时候。儿子每次考完回家，我就让他给我讲述当天的考试内容和他的答案。然后我先鼓励，再点评、打分，并指出下次需要注意的问题。最紧张的，是北影最后张榜那天下午，当时儿子已经到了上戏在北京的考场门口，很快就要参加上戏的三试，却突然给我打来电话，说想先去北影看张榜结果，看了再回来考试。我非常为难，难在若是同意他去，万一榜上无名，他怎么再考上戏？如果不让他去，他心里惦记着北影张榜的结果，又如何考得好上戏？但最后我还是同意他先去北影看榜，其理由是：如果北影榜上有名，他返回来再考上戏，更有信心；若是北影榜上无名，他将背水一战，说不定还有惊人之举。

就在儿子打车赶往北影看榜之际，在家等候消息的我却焦虑万分。因为我非常清楚，考北影导演系是儿子人生的第一个梦想，这个梦想已经深深融进了他的生命里，成了他心上的一粒种子，甚至一个结！如果他的梦想这次再遭破灭，别说儿子，连我都难以面对。尽管我认为儿子应该过关，也相信北影的老师们的艺术良知和眼力，但导演专业的考试，毕竟涉及文学、戏剧、哲学、历史、摄影、美术、音乐、表演以及现场答辩等多个学科，任何考生要想过这道关口，都难乎其难，更何况儿子是第二次闯关！据儿子说，今年考他们的几位老师已不再是去年的老师，这意味着儿子将接受北影两拨老师的考验！

幸运的是，儿子赶到北影一看榜，在最后决赛的十六人名单中，居然第一个就是他自己！当儿子打电话告诉我这一消息时，我为儿子的执着与坚韧感动得流下了热泪。儿子回家后，我第一次以父亲的名义拥抱了值得信赖的儿子。紧接着，儿子又匆匆赶往上戏考场。

儿子此次参加艺术院校考试的结果是，不仅获得了北京电影学院导演系专业合格证书，还获得了中央戏剧学院、上海戏剧学院文学编剧系的专业合格证书（北广初试通过后，因考试时间发生冲突而被迫放弃复试）。能同时通过三所艺术院校的专业考试，对儿子无疑是个莫大的鼓舞。但最后是否被录取，还得按高考分数排名录取。

在这三所院校中，中戏、上戏招生名额最多，北影名额最少；中戏、上戏文化分较低，北影文化分最高——最低必须达到重点本科，最高没上线。而且，三所院校只收第一志愿。即是说，你如果一旦选择了北影，无论是否被录取，中戏、上戏等于白考。于是全家再次面临艰难抉择。我和妻子的意见都是放弃北影，选择上戏或者中戏，理由是中戏、上戏几乎是板上钉钉，唯有北影最不靠谱。但儿子还是毫不犹豫地选择了北影导演系，而报考其他大学的所有“志愿”，全都填了法律系。

这是儿子的性格使然，我当然知道是为什么。但这无疑又是一次大胆的冒险，甚至比头年选择复读、私自改成文科更冒险！因为这是一次没有退路的选择。于是不少朋友劝我说，中戏、上戏也是中国顶尖院校，还保险，何必再让孩子去北影冒险？但尊重儿子的意愿和选择，是我今生不变的原则。何况我经过认真分析，认为儿子天生就是一个学文科的料，现在由理科改成考文科，分数应该只多不少；再说了，倘若儿子连这样一道小坎都迈不过去，即便考上北影、考上北大，考上哈佛、考上牛津，又有何用?!

问题是，当四所院校的专业考试结束后，离高考只剩下不到三个月了！而就在这时，世界杯足球赛又偏偏燃起战火。我是球迷，儿子比我还球迷；我不看球赛难受，儿子看不上球赛比我还难受！怎么办？最后我一咬牙，同意儿子和我一起看！我想，功夫在诗外。与其不让儿子看，不如干脆让他看——反正不让看，他也不会安心复习。让他看，或许可以激励生命的斗志，滋养强者的气概，领略人世的不测，体味搏杀的快感，感受失败的悲壮，分享胜利的豪迈！从球道领悟人道，对儿子人格的塑造，应该有益无害。于是我和儿子一边看球，一边闲聊。比如，看韩国打败意大利那场比赛，我对儿子说，世界上只有想不到的事情，没有做不到的事情；只要努力，一切不可能，都可能变为可能！当法国队小组赛后被淘汰出局，世界巨星齐达内秃头倒地、泪洒赛场时，我对儿子说，人生如赛场，没有永远胜利的胜利者，也没有永远失败的失败者。昨天的胜利者，明天可能就是失败者；而昨天的失败者，明天可能就是胜利者！

最后，当离高考还有三十六天时，我什么也不说，只在儿子书桌前的墙壁上贴了一张纸条，纸条上写了这样几句话：

去年，你领回的是一所普通大学的通知书，

今年，你想跨进的是哪个学校？

现在，决定你高考命运的时刻已经到了，

命运之门的钥匙就握在你的手上，

关键看你如何运用每分每秒！

离高考还有三十六天!!!

是的，天下父母谁不爱孩子。但这爱究竟是什么？我过去真没想过；当儿子再次面临高考时，我才恍然大悟：父母对孩子的爱，其实不是说教，不是许诺，不是责骂，不是痛打，更不是从早到晚烦人的唠叨，而是孩子饿了时的一块蛋糕，渴了时的一杯热茶，病了时的一声问候，累了时的一张沙发；更是一种死心塌地的付出，一种同舟共济的牵手，一种心甘情愿的苦，一种没完没了的累；甚至就是一种痛，一种说不出来的痛！

于是，在儿子高考前的最后一个月里，妻子负责儿子的日常生活，我则停止了二十年来从未停止过的读书、写作，而拿起了儿子的语文、政治和历史课本，从头至尾学了一遍。然后和儿子一起查资料，找答案，分析课文，总结经验。这样做，尽管搞得我很累，但是，由于我亲身加入了高考复习的行列，与儿子便有了对话的资格以及心与心的沟通与心与心的默契。儿子感到的不再是讨厌的说教和烦人的唠叨，而是一种关爱的力量与精神的支撑，从而使爱变得像夏日的冰棍一样舒服而实用。

儿子高考那天，我再次提出一同前往，再次遭到儿子谢绝。被谢绝后的我不但没有怨言，反而多了一份坦然。儿子去年失去的是一张纸片，今年收获的却是教训。我相信经历了四所艺术院校专业考试的大风大浪的儿子，能平静步入考场，也会平静走出考场。

果然，高考分数揭晓后，儿子的分数超过了北京重点本科线二十分，终于拿到了他梦寐以求的北京电影学院导演系的录取通知书！

但开学那天，当我和妻子送儿子去北影报到时，又被吓了一大跳：导演系的招生指标本来是十人，最后却只收了六人！我和儿子几乎同时惊叹道：如果早知全国只招收六人，第一志愿绝不敢报北影！我对北京电影学院宁缺毋滥的招生原则，顿时肃然起敬！

儿子上学后，不少人表示祝贺，说你儿子将来就是大导演了，可以挣大钱了。儿子的回答很冷静：毕业后有碗饭吃就不错了。而我的回答是：儿子表现及格，正常。

是的，儿子真正令我感到欣慰的，绝不是将来当什么导演挣什么大钱，而是他通过自己的努力，争取到了自己喜欢、愿意的专业。我由此想到的一个问题是，孩子的成长究竟靠什么？什么是孩子的美好前途？什么是孩子的真正快乐与幸福？我的观点是，孩子的成长取决于天性、兴趣与志向；孩子的美好的前途，就是选准适合自己天性、满足自己兴趣的专业；而孩子的真正幸福，就是干自己想干的事情。因为一个人一生最大的快乐，莫过于做自己喜欢做而又每天都可以做的事情；而一个人一生最大的痛苦，就是每天干自己不愿干却又每天都不得不干的事情。

所以，我对儿子唯一的心愿，就是希望他一生都能做自己最喜欢做的事情！当然，倘若儿子还能把他最喜欢做的事情做得轰轰烈烈、天长地久，那就再好不过了。

祝福儿子一路平安，一生如愿！

2002 年 9 月 4 日

为什么要寻找“北京人”

周口店和“北京人”的故事，最早我是从小学课本里读到的。那时，周口店和“北京人”在我的心里，如同天边遥远的神话。而二十多年后，也许是听到了祖先的某种召唤，在1990年冬季的一天，我第一次走进了周口店。

那是寒风呼啸的一个傍晚，我站在龙骨山上，抬眼望去，只见多家乡办的水泥厂已将周口店重重包围，滚滚的黑烟正从一排排水泥厂的烟囱里哧哧地往外冒；山上山下，一片乌烟瘴气，耳边还不时隐隐传来隆隆的炸石放炮声；若是稍稍静下心来，似乎还能听到掩隐在绿树青草中的龙骨山发出的一声声哀鸣与叹息。由于常年日晒雨淋，风吹霜打，“北京人”遗址的四周，铺满了厚厚一层现代浮土以及从现代人手上随意抛弃的各种废品垃圾；而老祖宗当年烧火留下的灰烬遗迹，则早已荡然无存。要不是眼前还保留着一块“周口店遗址”的说明牌，我实在无法相信，五十万年前的老祖宗怎么会繁衍生息在一个如此肮脏的地方！

而更令我不可思议的是，当年从这儿横空出世、震惊世界的“北京人”已经丢失了半个多世纪，至今仍下落不明，无人问津。于是，面对五十万年前老祖宗的生活家园，面对一座世界上最丰富的古文明信息宝库，想起孤儿般有家未归的“北京人”，我羞愧无言，感慨万千：人类创造了文明，为何又毁坏了文明？人类寻找到了祖先，为何又抛弃了祖先？创造、毁灭，毁灭、创造；寻找、丢失，丢失、寻找，这一无休无止的轮回游戏，这一难以摆脱的神秘怪圈，难道就是人类注定不变的宿命？莫非就是人类无法逃脱的劫难？

就在这一刻，我突然闪出一个念头：何不撰写一部关于寻找“北京人”的书，将近百年来中外科学家们寻找“北京人”的历史告诉世人，留给未来；同时借此呼唤炎黄子孙乃至天下华人，齐心协力，一起寻找我们的老祖宗——“北京人”？

于是，带着对祖先的崇敬与期盼，我开始踏上漫长而艰难的寻找之旅。

十多年来，为了寻找到“北京人”——哪怕一点线索，我几乎跑遍了与“北京人”有关的地方；不仅查阅、研究了国内外大量资料，还走访了上百名中国、美国、日本、韩国、法国、加拿大、瑞士、以色列等国的科学家、教授、记者、老兵、特工以及主要知情者和当事人。从远古到当代，从国内到国外，从活着的到死去的，从公开的到隐秘的，几乎都在我的调查寻访之中。其中，许多惊险离奇的故事，令我惊心动魄；无数荒唐怪诞的问题，常常让我驻足沉思。

1999 年，应日本中国文化交流协会的邀请，我随中国作家代表团访问日本，我还借机在东京、松山、京都、奈良、大阪等地寻找和考证了有关“北京人”的线索和资料，并与日本部分教授、学者、作家等文化人士进行了探讨和交流。日方对“北京人”头盖骨的价值和意义给予了充分肯定，对寻找“北京人”一事也兴趣甚浓，部分日本人士还为此深感歉意。如，日中文化交流协会常任理事横川健先生就向我明确表示：“中国‘北京人’的丢失，日本负有不可推卸的责任，应该好好反省。”而日本女作家入江曜子也对我说：“‘北京人’是人类的瑰宝，在“二战”中不幸丢失，是一件非常遗憾的事情！我作为一位日本作家，深感内疚，对中国人民深怀歉意！”

但是，不少日本人对“北京人”丢失的内幕并不清楚，也不在乎，好像“北京人”的丢失与日本无关。有一天，在日本东洋大学的一次文学讲座上，我讲话结束后，顺便问了一句台下的日本朋友们：“大家知道中国的‘北京猿人’吗？”有人说，知道；有人说，了解一些；但多数人表示，一点不清楚。最后，我半认真半开玩笑地说：“如果你们当中有谁能帮助中国找回‘北京人’，我愿拿出我的稿费，奖赏一千万！”有人马上问：“您说的一千万，是美元还是人民币？”我笑而答道：“日元！”台下立即发出一片笑声，笑后便是无奈的沉默。不过，有人当场向我表示：愿意在日本无偿为我提供寻找“北京人”的线索和资料，一旦发现新线索，一定及时告之。

此次东瀛之行，尽管我仍未寻找到“北京人”的确切下落，却查到了一些意外的线索，引发了我的一些新的思考；同时也吸引了不少日本文化人士对寻找“北京人”一事的关注。

2002 年，我去韩国参加一个国际学术会议。其间我抽出有限的时间跑了一些地方，考证了一些资料，并与韩国学术界、出版界、期刊界部分人士进行了交流。遗憾的是，也许是“北京人”的丢失与韩国确实无关，此次韩国之行，我几乎没有找到像样的线索和资料。韩国人对寻找“北京人”的兴趣较之日本，似乎要小得多。

总之，十多年来的寻找，有希望，有沮丧，有欣慰，有酸涩，而更多的，则是一种叹人间荒诞、惜岁月无情的无奈与困惑。每当寻找无望，或告一段落，在春暖花开、蝉鸣鸟啼时，或秋风萧瑟、枯叶飘零中，我便会去周口店，面对龙骨山，静静地坐在三位大师的墓地前，看看眼前的荒草，闻闻四周的气息，再随心所欲地想一想天上人间、远古未来以及有关人类的昨天、今天和明天的一些事情，心也就慢慢沉静下来。

也许有人会问，“北京人”与你远隔千山万水，时隔五十万年，作为一个多年书写中国航天、关注社会现实的作家，为什么又从天上回到地上，从当代回到远古，对五十万年前的事情发生了兴趣，并多年来一直坚持寻找“北京人”？

这个问题说来话长，简单说来，我主要基于如下五点考虑：

第一，“北京人”在学术上价值连城，妙不可言。在我看来，人类自己的历史，常常是自己的新闻。不管地球如何转动，人类都不该忘了自己的祖宗；无论世事怎样变化，人类也不该忘了自己的过去。人类在漫长而曲折的演变进程中，每一个发展阶段所隐含的信息赋予我们今天人类的意义，都是极其巨大的，也是魅力无穷的。即便是人类进化到了可以飞向太空的今天，远古祖先创世的艰难情形和跋涉的沉重足迹，依然是昭示后来万代子孙前行的纪念碑群。因为我们只有真正认识了过去，才能更好地把握未来，犹如昨日的星辰总是映照着今天的辉煌一样；而要把握未来，人类就不能只认识和探索世界，还要认识和探索自己。“北京人”是我们人类的祖先之一，尤其与中国人有着深厚的血脉联系，如果能找回来并深入研究之，就有可能将古人类历史中最隐秘的内涵，清晰地凸现在后人的面前，为解开“人类到底从哪里来”等谜团提供重要的信息和依据。因为整个生物界，只有人类才知道并能够对自己的历史进行追踪与研究。人类对自身历史的不断探索，是人类文明和历史进化的一种体现，如同西非塞内加尔人所说：“一个正在行走的人，当他突然觉得不知道该怎样走下去的时候，应该回过头去看看，然后再决定往前行走的方向。”一个人尚且如此，一个民族又何尝不该如此呢！

第二，“北京人”是中国古文化和古文明不可或缺的象征。在我看来，中国作为一个文明古国、文明大国，有“北京人”和没有“北京人”，感觉是大不一样的。有了“北京人”，便立住了民族的根，守住了民族的魂。因为当今世界，中国可与世界比肩抗衡的，不是飞机、大炮、导弹、芯片，也不是冰箱、彩电、计算机、电子管，更不是丝绸布、绣花鞋、陶瓷罐，而只有一样东西，那就是五千年的历史文化和老祖宗留下的古代文明——比如五十万年前的“北京人”！所以，我们今天寻找“北京人”，绝不仅仅是为了寻找几个头盖骨，而是为了寻找祖宗的血脉、民族的根基、人类的源头；寻找中华民族失落的文明、失落的尊严、失落的自信；寻找五十万年前先祖们克服千难万险开拓人类文明历史的一种真实的生命状态和百折不挠的追寻精神！从这个意义上说，我们今天寻找“北京人”如同当年发现“北京人”一样，具有同等重要的意义。

第三，中国到了应该寻找的时候了。在近百年的历史上，中国一直受着西方列强的欺辱，缺乏与西方抗衡的力量，甚至在亚洲，也受着日本人的肆意践踏和疯狂侵略。当年，我们没有财力发掘周口店，只有在美国人的资助下发掘周口店；我们没有能力研究“北京人”，只有在外国科学家的掌控下研究“北京人”；而当日本打进中国时，我们又没有能力保护“北京人”。于是只好请有枪有炮、有钱有势的大老板美国人替我们看管“北京人”。然而没想到，一失足成千古恨！而且，列强们从中国拿走、偷走、抢走、盗走的，还不仅仅只有“北京人”。以故宫为例，1900 年八国联军入侵北京，仅从故宫乾清宫一处，就掠走玉器、书画等文物三百四十件；“二战”期间，日本从太庙抢走孤本书籍三千余册，并将其焚毁。战争结束前，又将故宫内铁缸、铜灯、古炮等一百余件熔化后制成炮弹。由于国弱民穷，中国的一件件国宝，只能眼睁睁地看着外国人拿走；不仅被拿走的东西不敢要，就是被弄丢了的东西也没能力去找，更没有胆量去讨回一个公道。但到了今天，中国已不再是昨天的中国，我们已经具备了找回“北京人”的条件与能力，那么还有什么理由不去找呢？别人的东西我们不能拿、不能要、不能偷、不能抢，但属于我们自己的东西，为什么迟迟不去找呢？要知道，老祖宗留给我们的东西，就剩那么一点点了；更何况，“北京人”是我们的老祖宗啊！

第四，寻找“北京人”的过程，也是一个民族反省的过程。“北京人”的丢失，固然与日本的侵略有关，与美国的保管不慎有关，但如果我们稍稍反省一下，与我们中国有没有关呢？倘若当年的中国是一个强大的中国——强大得至少能看管好“北京人”，那么还用得着担心“北京人”被抢、被毁吗？还用得着费那么大的劲漂洋过海把“北京人”运到美国去吗？如果当年与“北京人”有关的每一位中国科学家以及相关的工作人员，看守“北京人”都像看守自家的祖传宝贝一样，甚至捍卫“北京人”的勇气和决心足以用胸膛去抵挡日本鬼子的刺刀，“北京人”还会丢失吗？即便丢失了，至于丢失得不明不白、莫名其妙吗？因此，“北京人”的丢失，除了与我们的国力有关，也与我们的国民性有关。

第五，通过寻找“北京人”，可以引起世人对周口店的再次瞩目，重塑中华文明古国的形象。“北京人”无疑属于世界，属于人类，但它首先应该属于中国。周口店发现的是一万年前到五十万年前的古人类的生存环境，这对中国和世界来说都是一笔巨大的财富。国务院副总理方毅曾经说过：“周口店的发掘，是中国近代科学研究中，中国科学家拿到的第一块世界金牌！”周口店古人类研究中心负责人徐钦琦教授说：“人类认识自己祖先的过程，是一个极其漫长的研究过程。周口店以它丰富的出土文物成为世界唯一保存完整的古人类遗址。它的宝贵还在于拥有一座几十米厚的堆积层，可以上溯到几十万年前的所有信息都被浓缩在那里。这座巨大的信息库是留给后人的。”加拿大的一位专家还说：“单单是周口店这个名字，它在旅游上的意义就价值一亿美元!”而且，据权威人士介绍，周口店遗址埋藏的古生物化石，还有三分之二都没有被发掘!

然而非常遗憾的是，据我多年的走访调查，周口店遗址的四周，自明、清以来，因开山、取石、修路以及农耕和建筑等原因，其原始的风貌早就遭到了极大的破坏。周口店遗址尽管自 1918 年被西方地质科学家发现并进行试掘以来，已走过了八十七年的风雨历程，但在遗址的核心区域，目前还基本处于 1937 年夏天大规模开掘停止时的自然状态。1949 年后，由于各种政治运动的干扰破坏，特别是近二十年来个体小农经济的“蓬勃发展”，当地各种大大小小的自办水泥厂，更是如雨后春笋般“茁壮成长”起来，将周口店层层包围；而排污引来的酸雨，每天都在加速着龙骨山山体的风化和水土的流失，致使世人瞩目的周口店的损伤程度已到了惨不忍睹的地步。走访中，那儿的管理人员曾深有感慨地说：“这些寄生植被像电脑病毒一样在大口大口地吞吃掉千万年留存下来的远古信息。没有人能想象得出那些被损失的信息到底有多少，并意味着什么。”近几年来，虽说有关部门对周口店的建设有所改观，但国人对周口店的了解和关注程度，依然远远不尽如人意，或者干脆说令人失望!

因此，如果我们通过寻找“北京人”，就可以让更多的海内外华人了解“北京人”，了解周口店，了解中华民族曾经撼动世界的历史文化和伟大文明，从而提高一个民族的文明自觉和保护历史文化遗产的意识。因为只有懂得呵护历史文化遗产的民族，才是一个成熟的民族；

也只有具备了高度文明意识的民族，才可能是一个有希望的民族！同时通过寻找“北京人”，还可以再次吸引全世界对周口店和“北京人”的瞩目与重视，为周口店下一步的开掘奠定基础，并争取赢得国际的支持！

总之，我衷心希望海内外一切热爱“北京人”的炎黄子孙，以及全世界所有热爱“北京人”的人们，积极投入寻找“北京人”的行列。只要我们坚持继续寻找下去，相信“北京人”总有一天会返老还童，重回人间！

2005年6月18日于北京花园路

寻找，人类永恒的主题

2005 年 7 月 8 日，是贾兰坡先生逝世四周年的日子。这天，我特意前往周口店，祭拜这位享有“中国活化石”之称的世界著名的考古学家和古人类学家。

许是贾老的灵魂感动了上苍，我乘坐的车刚一驶进周口店，连日酷热难熬的北京便突然下起了小雨。雨水飘飘洒洒，淅淅沥沥，燥热的空气一下变得清新凉爽起来。

贾老的墓地掩隐于周口店“北京猿人”遗址的后山。这是一方清静、安谧而又圣洁的台地，四周松柏环绕，绿草如茵，每一寸土地和每一方空气，仿佛都散发着某种神秘的气韵和古文明的信息。面对贾老那玉石般的墓碑，我躬身献上一束鲜花，在心里默默说了一句：“贾老，我看您来了。”

五年前，贾老病重住进医院，我去看他。已经昏迷不醒好几天的贾老由于没有资格住单间，只有躺在过道边一张临时的病床上。当我轻轻走近贾老床前时，他的儿子贾彧章附在他耳边小声说了一句：“爸，鸣生看您来了！”没想到，奇迹出现了——贾老的眼睫毛居然微微动了两下！贾彧章惊喜地说：“瞧，我爸知道你来了，有反应呢！”那一刻，我感动了，感动人与人的默契，感动心与心的沟通。想起近十年来我每次拜望贾老时，贾老总是一人静静地坐于书房，或一边拿着放大镜一边写作，或望着窗外默默地想着什么，以至于我常常走到他的身边，他也浑然不觉。只有他儿子说上一句："爸，鸣生看您来了!"他才如梦初醒，缓缓抬起头来。我不知道贾老整日孤守书房、冥思苦想的是不是"北京人"；但我知道，贾老把自己的心血与生命早就融进了周口店，献给了"北京人"。

贾老墓地的左侧，还有两个墓地，一个是"杨钟健之墓"，另一个是"裴文中之墓"。杨钟健是中国第一位古脊椎动物学家、中国古脊椎动物学的奠基人和拓荒者、最早主持周口店遗址发掘与研究的中国学者，同时也是闻名世界的地质学家和古生物学家。1921 年，在长沙的毛泽东有事相求，还以"弟：泽东"的名义恭恭敬敬地给杨老写过一封亲笔信。但"文革"开始后，杨老还是在劫难逃。先是挨批挨斗，后被送去烧锅炉。每次挨了批斗回来，杨老总是提着一只小板凳，坐在锅炉边的煤堆旁，一边认真守护着锅炉边上一间堆放着他数万册图书和无数资料的小屋，一边伤心地抹着眼泪。因为那数万册图书和无数资料，或多或少都与周口店和"北京人"有关。后来，杨老又被关进了牛棚，他每晚睡在用稻草铺垫的地上，心中时刻惦记的仍是周口店，仍是"北京人"。他说："周口店不让开掘，'北京人'又不让找，心里像得了病似的，堵得慌!"1979 年 1 月 15 日，杨老在北京病故，享年八十二岁。

裴文中是第一个"北京人"头盖骨的发现者，是中国古人类学的重要创始人。裴老经历了"北京人"从发现到丢失、从丢失到寻找的全过程，所以对"北京人"的牵挂，更是刻骨铭心。抗战一结束，裴老又是托人带信，又是打电报，请求重庆国民政府有关当局尽快着手找寻"北京人"，并希望派他亲自去日本寻找"北京人"。但最终未能获准。1980 年 9 月，裴老东渡日本讲学，百忙中仍不忘寻找"北京人”，终于有幸获得一点美国方面的线索。回国后，他立即给美国洛克菲勒基金会写信，请他们资助他寻找“北京人”。此信发出不久，便收到了美国洛克菲勒基金会的复信，同意资助他去美国寻找“北京人”。但研究所和家里考虑到他已是一位年近八十、身体有病的老人了，没有同意他去。他很生气，说：“我老了，不一定是我去，但别的同志也可以去呀！关键是国家起码应该重视这件事情！”之后不久，他又给胡耀邦写信，希望胡耀邦指示政府有关部门，协助促成到美国寻找“北京人”。但后因某种原因，这封信最终还是被他压在了自己的枕头底下，直至陪他熬过生命的最后一程。1982 年 9 月 18 日，裴老因病在北京逝世，享年七十九岁。弥留之际，他握住儿子的手，用微弱颤抖的声音说了最后一句话：“死不瞑目啊！”

贾兰坡是三位大师中年纪最小、活得最长的一位。但活得最长，牵挂也就越多，痛苦也就越深。杨钟健、裴文中两位大师先他而去后，寻找“北京人”的重任便落在了他的肩上。如何保护发掘周口店，是他晚年的心头之忧；怎样找回丢失的“北京人”，则是他晚年的生命之痛！贾老生前曾不止一次地对我说过：“要是能找到‘北京人’，多好啊！”可当我问他，几十年了，为什么就没人管这事呢？贾老却双目紧闭，沉默不语，一脸无奈的样子。然而尽管如此，多年来贾老仍为此四处奔波，八方呼吁，一次又一次地做着自己该做的事情。从 70 年代末起，他便和美国、日本等国的一些专家、学者、记者有过多次联系，试图找到“北京人”的一些线索。甚至到了 1998 年，已是九十高龄的贾老还与十四位中国科学院院士联名写了一封公开倡议信，呼吁大家行动起来，共同携手寻找“北京人”！他曾亲口对我说：“即使‘北京人’已经毁于战火，我们也应该找到一个确切的下落。否则，我们如何面对后人？”

三位大师共眠于此，是他们生前共同的约定。三位大师相处了一辈子，把自己的一生献给了周口店，献给了“北京人”，而且生前都有一个共同的心愿——找回丢失已久的“北京人”！三位大师之所以如此执着地要寻找“北京人”，除了“北京人”在科学上价值连城、妙不可言外，还有一个不便说出口的原因，那就是，“北京人”是从他们手中丢失的！

是的，尽管他们不该承担这个责任，但却一直心怀愧疚，以致三位大师的后半生都是在世界舆论和内心煎熬的双重压迫下度过的。他们深感愧对国家，愧对民族，愧对历史，愧对子孙，内心深处始终怀有一种深深的不被外界所知、不被外界所理解的负疚感。这种负疚感不仅影响了他们晚年的正常生活，甚至影响到了他们的家人和后代。因此，每当有人提起“北京人”，三位大师便神色黯然，苦不堪言。于是寻找“北京人”，成了三位大师后半生尤其是晚年一块沉痛的心病。

然而遗憾的是，三位大师直至离开这个世界，也未能如愿。

此刻，站在三位大师的墓前，面对祖宗的遗址，面对先辈的家园，面对天上的白云，面对眼前的群山，我内心有一种非常复杂的情感：羞愧、隐痛、惋惜、尴尬，以及难言的无奈与淡淡的伤感。想起中外无数大师们近百年来的痴痴寻找，想起我十五年来的艰辛寻访，我真想对着周口店大喊一声，以解心头之怨；尤其是想起三位早已作古的外国大师，我心里更有一种说不出来的痛——

一位是葛利普，美国著名古生物学和地质学大师。葛利普先生1920年应聘来华后，一生追寻古人类的足迹，探究“北京人”化石的奥秘，最终成为中国古生物学的奠基人之一。葛利普先生在华二十五年，为中国培养了大批地质学和古生物学人才，像裴文中、贾兰坡等中国很多院士，都是他的学生。为了周口店和“北京人”，他最后竟累死在自己的办公室里；而更令人感动的是，根据他生前的遗愿，他的遗体永远留在了中国，留在了北京大学未名湖畔。

另一位是魏敦瑞，德国著名的解剖学和古人类学大师。魏敦瑞先生自1935年应聘来华后，终身致力于“北京人”化石的研究。魏敦瑞先生在生命垂危之际，还向美国政府递交了最后一份报告，强烈呼吁政府出面寻找“北京人”。可惜的是，魏敦瑞先生写完报告的第二天，便与世长辞。尤其令人感动的是，大师在他生命弥留之际，既没有对财产的交代，也没有对子女的留言，唯一的一条遗嘱，就是请求美国自然历史博物馆古人类部主任、他忠诚的朋友夏皮罗先生，继续寻找“北京人”!

还有一位是夏皮罗，美国著名古人类学大师。夏皮罗先生一直坚持研究“北京人”化石。三十年代末，夏先生就在北京协和医学院解剖、研究过三年的“北京人”的生理结构。此后数十年时间里，夏先生恪守大师的临终遗言，以一个科学家的良知与责任，坚持在全世界范围内寻找“北京人”! 1949年10月，当得知新中国成立后，夏先生非常高兴，立即准备亲赴中国。可惜后因政治原因，未能成行。直至1980年9月16日，历经三十余年的渴盼、年迈七十岁的夏先生才终于来到梦寐以求的中国。而后，夏先生拄着拐杖，迈着老腿，在女儿的搀扶下，先北京，再天津，开始了对“北京人”的苦苦寻找……

其实，生命的过程就是一个寻找的过程，人类的历史就是一部寻找的历史。人类自诞生之日起，便踏上了漫漫的寻找之旅：寻找野果，寻找树皮，寻找财富，寻找权力；寻找爱的归宿，寻找钱的富足，寻找肉体的痛快，寻找精神的欢愉，寻找生前的幸福，寻找死后的永恒；寻找高山的云彩，寻找大海的风帆，寻找绝壁的灵芝，寻找荒漠的甘泉，寻找天上的奥秘，寻找人间的真情；寻找黑夜中的光亮，寻找绝望中的希望，寻找无存在的存在，寻找不可能的可能。人间的一切希望，仿佛尽在寻找之中。即便是在人类进化到了可以征服宇宙的今天，远古祖先跋涉的身影和寻找的足迹，依然是昭示后代子孙前行的纪念碑群。而在人类文明历史的羊肠小道上，正是因了上述大师们的苦苦追寻，才铸就了一座座文明的丰碑，丰富了现代人类的思想宝库，唤醒了已被滚滚红尘淹没的万千有识之士和芸芸众生对历史文化的爱恋与温情，以及那秦砖汉瓦般难能可贵的理性精神。于是每当我站在大师们的墓前，仿佛总能听见西方著名学者西拉姆从历史的回音壁穿越而来的真实的声音：

一个优秀考古学家的任务，是让干涸的泉源恢复喷涌，让被人遗忘的东西重新被人忆起，让死去的转世还魂，让历史的长河重新流淌。因为这长河沐浴着所有的人，不管他们居住在世界的哪一个角落。

的确，为了却中外大师们百年来苦苦寻找的夙愿，今天的我们应该继续寻找！诚如西方学者西拉姆所言："了解过去五千年，是为了掌握未来一百年。"我们今天寻找"北京人"，绝不是为了寻找几块头盖骨，而是为了寻找人类的源头、祖宗的血脉、民族的根基。因为人类只有找到自己的源头，才能辨清明日的方向；只有找到自己的血脉，才能拓展子孙的智慧；只有找到自己的根基，才能把握民族乃至整个人类的命运！更何况，我们今天寻找的，不仅是"北京人"头盖骨本身，还有失落的尊严，失落的自信，失落的良知，失落的人性；还有被战争破坏的文化，被愚昧埋葬的文明，被野蛮摧残的希望，被无知遮挡的光明，以及五十万年前先祖们克服千难万险、开拓人类文明历史的一种真实的生命状态和百折不挠的追寻精神！因此，从这个意义上说，我们今天寻找“北京人”，如同当年发现“北京人”一样，具有同等重要的意义。

于是，站在三位大师的墓前，我忽然有了一个强烈的愿望：我希望国家有关部门能真正而具体地重视寻找“北京人”；我希望每一位中国公民和海外炎黄子孙能积极参与寻找“北京人”；同时我也希望日本和美国政府以及所有关心爱护古文明历史遗产的地球同类能无私援助寻找“北京人”！让寻找“北京人”成为中国公民的一次公益活动，让寻找“北京人”成为全人类的一次文化壮举！也许明天万分之一的希望，就在我们今天寻找的一瞬间。哪怕到头来，我们今天的寻找只为明天提供了一点资料，只为历史留下了一条线索，只为子孙凿开了一条缝隙，我想也是一件很有意义而又应该做的事情。

2005年7月8日深夜2时

草庵菜姑

福建晋江有座山，叫华表山。

山上有座庵，叫草庵。

初到晋江，便有文友向我谈起草庵。说相传宋绍兴十八年（1148），宋室赵紫阳在华表山修建龙泉书院，夜间常见后院石壁光华纷呈，文佛现影，蔚为奇观。于是僧人吉祥募资，琢一光佛雕像于石壁。此后光佛雕像方圆百里，名声大振。遂建寺，时称摩尼寺。后，元时改建石亭，又称草庵寺。再后，草庵于明正统十年（1445）、清光绪二十八年（1902）和民国十二年（1923）三度重修，仍称草庵寺。

时至 20 世纪 30 年代，弘一大师曾三顾草庵。或度岁，或养病，或修性。虽时日短暂，却弹指长痕，为草庵留下不少美谈。弘一大师挥毫撰写的《重修草庵记》，或刻于石壁，或镌于堂柱，至今令人驻足凝思，流连忘返。

1978 年 8 月，国际摩尼教首届学术会议在瑞典隆得大学举行，公认草庵为世界现存的唯一摩尼教寺庙遗址，摩尼光佛雕像则为世界独一无二的摩尼教主石雕像，并奉为吉祥图案；而世界摩尼教研究会还将把摩尼光佛雕像当作会徽。

1991 年 2 月 16 日，联合国教科文组织“海上丝绸之路”考察团来草庵考察，见庵中摩尼光佛雕像完好无损，盛赞此乃世界文物之奇迹也！于是 1996 年，草庵被国务院列为第四批全国重点文物保护遗址。

我听后怦然心动，草庵瞬间仿佛成了我的精神佛地，甚而当晚做梦，也心向往之。

草庵，看来是非拜访不可了。

2006 年 5 月 15 日上午，我驱车前往草庵。这天气候温和，微风送爽，心情一路舒畅。

陪我同行的，是晋江学人粘良图先生。

车至华表山，拾阶而上。抬头望去，但见荒草古树间，一座结草为庵的寺庙兀现眼前；寺门匾上，“草庵”两个斗大方楷，虽遭岁月侵蚀，却分外醒目，风骨依然；寺门前，一老阿婆斜靠门框，正眯缝着双眼，暗自打量。一脸皱褶，尽显一世沧桑。

我问粘先生，这阿婆是谁？

粘先生说，草庵现任住持。

我问多大年纪？

粘先生说，八十有余。

我问姓甚名谁？

粘先生说，真实姓名已无从考证，当地人称菜姑。

菜姑？我天生好奇，忙躬身上前，与之攀谈。

不料，菜姑操一口闽南话，一张嘴，尽是一腔“外语”。

幸而，有粘先生为我当翻译。

我这才晓知，菜姑一生，尽是传奇！

菜姑生于晋江南安。六岁被送出家门，从此浪迹底层，无名无姓。

八岁随长辈去安海挑盐，每日来回，苦走八十余里。后亲戚见她甚是可怜，便将她送至草庵，时年不足十二岁。

是时，草庵有田地数亩。菜姑便每日起早贪黑，随长工下地，施展苦力。渴了，泉边掬捧冷水；困了，草丛小憩片刻。后来，草庵住持广空大师见菜姑老实勤快，便让菜姑为草庵僧尼做饭。

不料，菜姑看似弱小，却胆识过人，智慧非凡。

有两件事为证。

一是 1949 年前夕，地下党游击队来到草庵，找广空大师借款。当时草庵财钱两空，广空大师别无选择，只好让菜姑下山筹款。菜姑领命下山，四处奔走，八方化缘。时值国民党“清乡”甚烈，稍有闪失，必遭杀身之祸。但短短一月内，菜姑便筹措黄金百两，铸为金条，而后乔装乞丐，顶着中央军的枪弹，骗过重重关卡，将百两金条化为五次，全部送到游击队的手上。

二是“文革”爆发，广空大师等离庵而去，唯有菜姑一人孤守庵中，与摩尼光佛日夜为伴，朝夕独处。一日，十几个臂戴“红卫兵”套套的小青年，手持刀枪，冲进草庵，而后拆下匾额，搬走铜钟。接着又高举铁锤，欲砸摩尼光佛。值此关键时刻，菜姑挺身而出，以柔弱之躯，挡住摩尼光佛。红卫兵见状，端起枪刺，直逼菜姑胸膛。可菜姑不但挺直脊梁，寸步不让，而且还急中生智，手指墙壁铁牌，一声大吼：谁动摩尼光佛，先拿下这块铁牌！红卫兵举头一望，铁牌中央，赫然刻着一行大字：“福建省政府文物保护遗址”。最后红卫兵只得乖乖收起铁锤，退却山门，怏怏而去。

摩尼光佛这才逃过一劫，幸存至今。

望着眼前的菜姑，我肃然起敬。

很快，菜姑将我引至摩尼光佛石像的面前。

仰望摩尼光佛，我双手合十，闭目静心，默念阿弥陀佛。

摩尼光佛石像高一米五二，宽八十三厘米。身着宽袖僧衣，端坐莲花宝座之上。体态丰满，神情肃然。石像的四周，刻有一直径为一米九八的圆圈佛龛。尤为神奇的是，摩尼光佛石像由不同天然色调的花岗岩巧妙打造而成，故石佛的手呈粉红色，脸呈青草色。其雕琢艺术之精湛，可谓巧夺天工，独具匠心。

面对神奇的摩尼光佛，我不胜感慨。晋江自古出俊杰，在岁月的长河中，晋江人不仅在自已的沃野家园、侨乡港湾创造了丰富的历史文化，更孕育了众多的历史精英和国家俊才。据我所知，其中既有政绩卓著的政治家曾公亮，又有经术湛深的思想家蔡清；既有雄才大略的改革家吕惠卿，又有大智大勇的军事家施琅；既有名扬海外的科学家丁拱辰，又有学识渊博的史学家吕夏卿和才华横溢的文学家欧阳詹。

只可惜，我眼前这位一身布衣、瘦若枯草的菜姑，却至今鲜为人知。想当年，面对枪口，菜姑大义凛然，舍身护佛，抬手一指，便化险为夷，为世间留下千古绝笔——这是何等的英雄气概啊！而且，七十年来，菜姑不求功名，不图财钱，孤居草庵，一生苦寒，只为慈悲济世，普度众生。如今虽八十有余，仍死守石佛，朝朝暮暮，寸步不离。到头来，却连一个姓名也没留下，而只留下一个土得掉渣的代号：菜姑！

这是悲，还是喜？

2006 年 5 月 15 日于福州

与打工妹共进午餐

2006 年 9 月 24 日上午，我随中国作家代表团到深圳宝安区某厂参观。

时值中午，我走进员工食堂。食堂很大，很干净，不少打工妹正排着长队，有说有笑，等着打饭、就餐。

看着这些打工妹，我忽然想到一个当今社会叫得很响的口号：“以人为本。”

毫无疑问，这些打工妹在深圳肯定算是最底层的人。但最底层的人也是人。那么像打工妹这些生活在深圳最底层的人，是否也被人当作人？这家工厂到底是“以利为本”，还是“以人为本”呢？

出于好奇，我排在了打工妹队伍的后面。

不到十分钟，我便打上了一份饭菜。

我端上饭菜，坐在打工妹的中间，而后跟着她们的节奏，慢慢吃了起来。

我很快发现，这些打工妹盘里的菜和我一样，都是两荤一素。至于米饭和汤，尽管吃，不限量；随便喝，管你饱。

说实话，如果不是我和她们同桌吃饭，我绝不相信，她们吃的饭菜，比我在北京的食堂吃到的饭菜好得多，也可口得多。

坐在我左边位置的，是一位来自江西的小妹；坐在我右边位置的，是一位来自山西的姑娘；坐在我对面的，则是一位来自四川的老乡。我们边吃边聊，彼此很快无拘无束，有说有笑。

江西小妹告诉我说，她们每天只掏六元钱的伙食费，却吃得很好，比老家强多了。她们每月的工资底薪是七百元，一周只上五天班，每天工作八小时。如果周六周日不加班，就外出旅游；若是周六周日要加班，还能领到加班费。加班一天，可拿到一百元左右。一个月下来，就能拿到一千多元。另外，她们还能按规定参加工伤医疗保险。

来自山西的姑娘告诉我说，她们的住宿由工厂统一安排，每月只交住宿费三十元。宿舍里不仅有电话，有厕所，还有洗澡间，二十四小时有热水供应，每天下班回家，都能洗上热水澡。

四川老乡告诉我说，她们厂里还有“夫妻房”。就是说，如果有小两口一起在工厂打工的，就不住集体宿舍了，而全部安排住在“夫妻房”里。这样小两口每天晚上都可以睡在一起，幸福幸福。

吃罢午饭，我有意到打工妹的宿舍转了一圈。结论是，几位打工妹说的，都是事实。接着，我和几位打工妹站在阳台上，随便聊天。

我问，有人欺负你们吗？

她们说，没有，也没听说有。

我又问，你们现在生活上最大的困难是什么？

她们想了半天，没说出来。但她们脸上的笑容和说话的音调告诉我，她们虽然背井离乡，来到深圳打工，可在这个厂里，无论在工作上，还是生活上，都比较满意，也比较满足。

这和我进厂之前想象的，完全不同。

在我的印象中，打工妹是很苦的。而这种苦，属于那种说不出来的苦。我在北京的工地或者路边上，常常亲眼看到，每遇午间开饭时，不少打工妹右手拿着一个冷馒头，左手端着一碗凉开水，就那么往地上一蹲，便一口一口地咽了起来。她们咽得很困难，咽得叫人心里发酸。可在深圳的这家工厂，打工妹的生活，与我想象和我过去看到的，有很大的不同，甚至说完全不一样。

我突然想到一个问题，这家厂的老板是谁?

我问一位打工妹，这位打工妹支吾了半天，脸憋得通红，就是怎么也想不起老板的名字来。直到后来，她才终于憋出一句话：“我只知道我们老板是香港人。”而旁边一位姑娘也插话说：“听说他是个基督教徒。”

我恍然大悟，似乎一下明白了点什么。再回想起刚才食堂的这顿饭菜，我觉得我和所有的打工妹一样，吃得很饱，吃得很香，而且好像还吃出了过去从未吃到的“味道”。

于是便想，一个城市对人的尊重，尤其对普通人的尊重，应该是现代化最基本的标志，也是最起码的素质。“以人为本”，绝不能只是一句挂在嘴边上的口号，得有实实在在的内容，就像这家打工妹齐声说好的工厂。深圳是一座多元而开放的城市，我希望对待所有的外来人，都能像这家工厂对待这些打工妹一样。

2006 年 9 月 25 日写于深圳

我与钱学森的四次相遇

三十五年前，我在西昌发射基地当兵。那时，发射基地正值创建初期，急需科技人员，便选拔部分战士突击培训。我阴差阳错，稀里糊涂，也进了培训之列。

记得是1977年10月的一天，我正在教室听老师讲数学课，听得索然无味昏昏欲睡，突然拥进一群人来，接着一位领导指着身边一位中年男子介绍说，同学们，我给大家介绍一下，这位就是大名鼎鼎的科学家——钱学森！钱先生这次到基地来视察发射场，顺便来看望大家，大家欢迎！

领导说罢带头鼓掌，我们立即报以热烈的掌声。

钱学森从小在我的脑子里就是一个神话，一个传说，现在突然一下子活生生地站在我的面前，我简直不敢相信自己的眼睛。我当时坐在第一排，不仅能近距离地看到钱学森的面容，甚至还能听到钱学森的呼吸。钱学森身着灰色中山装，身材并不高，更谈不上魁伟；但言谈举止，却显得相当儒雅。

很快，领导请钱学森给我们讲话，我们立即报以更加热烈的掌声。钱学森的讲话，大约不到十分钟，大意是说，将来这儿要发射火箭、卫星，还有宇宙飞船，很需要技术人才，希望你们好好学习文化基础知识，将来好成为国家的人才，为国防建设做贡献。我至今还记得钱学森最后说的一句话是："数学非常重要，它是一切科学的基础，一定要学好数学！"可惜，我天生就不是一个学理科的料，后来还是舞文弄墨，当了作家，辜负了钱学森的期望。

这次钱学森留给我最深的印象有两点。一是他的脑袋。但凡亲眼见过钱学森的人，恐怕都很难忘记钱学森的脑袋。钱学森的脑袋比一般人的大，感觉中略呈方形，尤其是额头，非常宽阔，而且发亮。你很难说清他的脑袋具体是哪点与众不同，但给你的总体印象就是与众不同，仿佛藏有一座智慧的金山，装着一组神秘的密码，满脑袋都长着天才的花朵，甚至连每根头发丝好像都是一棵聪明的大树。二是他的声音。钱学森说话时柔声细气，调子偏低，节奏很慢，平静而随和，大度而超然，有点像悬于江南水乡之上的一根琴弦，在薄薄的晨曦中轻轻弹奏着一串美妙的音符；甚至我还从他的声音中，听到了一种女性的细腻与温柔。我不知道我的这个感觉对不对，但当时我的感觉就是如此。

我第二次与钱学森相遇，是十年之后，即1987年。这一年我为中央电视台一部电视片撰稿，走访了钱学森。这次走访时间不长，问题也不多，但钱学森留给我的印象同样深刻。此时的钱学森已不再是彼时的钱学森，除了科学家的头衔，还是航天部的高官，因此其地位和身份都发生了不小的变化。而我，也不再是当年的"新兵蛋子"，对钱学森的感觉自然也大不一样。这次钱学森给我最深的印象是，说话同样很轻，很柔，但感觉中非常谦虚，非常谨慎，说出的每句话好像都是用程序设计好的；尤其是每每忆及"两弹一星"的历史，他很少谈及自己，而总是说："这些成绩都是党和人民的功劳，是大家一起努力的结果。至于我个人，没有什么，只是做了我应该做的事情。"

我第三次与钱学森相遇，是在电话里，时间是1995年。当时，我写中国第一颗人造卫星“东方红一号”的长篇纪实文学《走出地球村》在《当代》发表后，引起社会强烈反响。这是我第一次在书中写到钱学森，由于发表前未请钱学森审阅，加上表达的是我个人的观点，所以作品发表后我难免心有忐忑。有一天，忽然接到一位陌生中年男子的电话，说是钱学森的秘书。我当即大吃一惊：坏了！肯定是钱学森有意见，找上门来了！等钱学森的秘书说明来意，我才知道，原来钱学森在《当代》看到了我写的《走出地球村》，就让秘书打电话问问作者，书在哪个出版社出版？啥时出版？他要买书送人。钱学森的秘书还说，钱老看了《当代》上我写的文章后，很高兴，说“东方红一号”卫星上天二十五年了，这段历史总算有人写出来了，是件好事，很有意义。钱老还让他复印了十多份，先送给一些老专家看看。听罢秘书的话，我这才松了口气，心里对钱学森又多了一份理解。

我第四次与钱学森相遇，是在书本上。2000年，我主编一套“中国十大科学家传记丛书”，其中一本是钱学森的。其实早在1995年，我就打算写《钱学森大传》，并做过一些准备和走访，但后来没进行下去，原因有三：一是书稿要送审。我这人很怪，自从1990年我的第一部长篇《飞向太空港》被某部“审查”了一年多最终束之高阁后，只要提起“送审”二字，我就会条件反射，厌恶至极。二是钱学森的经历曲折复杂，所做之事皆为国家大事，且与国家机密紧密相连。因此要想对钱学森客观立传、公正评价，很难，也不是时候——走访中不少专家对此都有同感。而最关键的是，当时我最想知道的两个问题或者说两个真相，根本无从知道。一个是钱学森在美国生活、工作了长达二十年，这二十年在钱学森的人生中是至关重要的二十年，也是最神秘的二十年。因其神秘，故而复杂。作为文学传记，当然不可或缺。但问题是，钱学森当年在美国的这二十年历史，有谁真正说得清呢？

即便有机会请钱学森自己讲述，钱学森愿意吗？何况记忆这东西未必一定可靠。倘若我的走访不到位或者稍有疏忽，既是对钱学森的不公，也是对历史和读者的不负责任。另一个是钱学森自1955年10月回国后，在此后几十年的岁月里本有许多重返美国的机会，可为什么就是不再重返美国？据说1985年美国总统的科学顾问基沃斯访华时曾经表示：钱学森在美国工作过二十年，对美国的科技进步特别是军事科技进步做出过很大贡献。当初的美国是欠了钱学森的债的。钱学森的遭遇和美国“原子弹之父”奥本海默的情况很相似，六十年代美国已授予奥本海默“国家勋章”，以当平反。现在美国愿邀请钱学森访美，并由政府和有关学术机构表彰他对科学的重要贡献。如果钱学森不去美国，美方也可派美国科学院院长普雷斯来华，授予他“国家勋章”，以表彰他的贡献！之后，胡耀邦约见了钱学森，劝他接受这一邀请。但钱学森谢绝了。据说后来钱学森在给赵紫阳的信中，也同样表示了不去美国的愿望。

按理说，这是美国以政府的面孔出面，要给钱学森纠错平反，对钱学森算是给足了面子。可钱学森就是执意不肯再踏上美国国土一步，这到底是为什么呢？

这个问题当年于我来说，很重要，也很有兴趣；但当年的我根本不可能搞清。故此，我为钱学森立传的事，也就搁了下来。所幸的是，正是在这次编辑出版钱学森传记的过程中，我又查阅、求证了钱学森的有关历史，对钱学森又有了新的了解和认识。

当然，要想真正认识钱学森，尤其是归国前二十年在美国的钱学森，远没有这么简单，还有一段过程。

2009**年**11**月**

我的家乡我的梦

我的家乡在四川简阳。每当有朋友尤其是北方的朋友问起时，我总会补充一句：简单的简，太阳的阳。

简阳为什么叫了简阳，我不知道，未曾做过考证。我只知道，简阳素有“天府雄州”之称，自古人文鼎盛，名贤辈出。比如，古有“简州四状元”，今有著名现代作家罗淑、周克芹；我只知道，简阳最早是个县，隶属于内江，后来变成了市，隶属于资阳，据说很快又要并入成都。所以，无论是简阳还是资阳，都是太阳的阳，都是生我养我的地方，都是让我魂牵梦萦的家乡。

我在家乡生活了十七年，从小学至高中，从孩提到少年。儿时的我喜欢做梦，有过很多的梦想。比如，梦想长大后当个老师，给家乡的孩子讲课；梦想长大后当个医生，为家乡的老人治病；梦想长大后当个律师，帮家乡的穷人撑腰；梦想长大后当个作家，替家乡的百姓说话。而还有一个梦想，说来有点离谱甚至有点吓人，这个梦想就是：长大后要像毛主席那样，当个中国最大的官，好让家乡人民填饱肚子，衣食无忧，过上不再劳累、不受欺负、幸福美满、自由快乐的生活！

这个梦想今天看来有点大，还很荒唐。可实话实说，年少张狂的我，当年真的就这么梦过，这么想过。而之所以会这么梦，这么想，可能与家乡留给我的印象直接有关。

家乡留给我最深的印象，概括起来其实就两个字：贫穷！而我的父母和中国绝大多数父母一样，一生留给我最深的印象，也同样是这两个字：贫穷！

是的，贫穷。贫穷是那个年代我家乡的代名词，也是那个年代全中国的代名词。但凡从五十年代活过来的人，我想谁也不会忘记“贫穷”这两个字——这是两个用汗水、泪水甚至血水饱浸过的字。因为在那个年代，我的家乡和全国人民一样，都在贫穷中苦苦煎熬，度日如年。是贫穷，陪伴着家乡人民无声地走过了五十年代、六十年代、七十年代，直至后来走进改革开放的八十年代、九十年代，家乡人民才开始与贫穷小声说了一句再见。

而我与家乡说再见，是 1973 年底的那个冬天。我脱下学生服，穿上新军装，一步跨进了军人的行列。从此，我离别家乡，一走便是整整三十七年。三十七年中，除了我的父母、兄弟姐妹以及我中学的恩师，我与家乡几乎没有什么联系。

但是，我却从来不敢忘记家乡。家乡的山，家乡的水，家乡的人，家乡的事，家乡的一草一木，甚至家乡的一点变化、一条信息，我始终惦记在心。

当然，最让我惦记的，还是家乡的老百姓。我惦记着他们的肚子能不能吃饱，惦记着他们的身子能不能穿暖，惦记着他们的茅屋是不是变成了瓦房，惦记着他们的口袋是不是有了钱。总之，几十年来我一直梦想着，期盼着——梦想着家乡的百姓尽快挣脱贫穷的枷锁，期盼着家乡的百姓早日过上富裕美满、自由幸福的生活。

遗憾的是，在离开家乡的头二十年里，我曾无数次回过家乡，每次回到家乡，面对二十年来几乎没有什么改变的残酷现实，我的心情非常沮丧，甚至说非常失望！

然而，2010年的金秋，当我随中国作家代表团再次回到家乡时，家乡却给了我一个个意想不到的惊喜。

在简阳，我看到了宽阔舒适的滨江路，看到了两座新建的沱江大桥，看到了正在飞速建设中的新城区。而最令我惊喜的，是正在积极开发中的三岔湖！

三岔湖地处简阳西部边缘的龙泉山东麓，距成都仅三十余公里，1993年被香港列入世界名湖名库，2000年被列为省级自然生态保护区，故有“天府明珠”之美称。三岔湖水域宽二十七平方公里，蓄水量多达两亿多立方米，是杭州西湖的三倍。景区内不仅分布着“牛角大佛”“凌烟雨阁”“水上迷宫”“水天一色”“金桥映翠”“古镇凭吊”“柳暗花明”等二十余个景点，而且烟波浩渺的湖面上，还镶嵌着一百一十三个孤岛和一百六十多个半岛，其中最著名的岛有“花岛”“月亮岛”“鸟岛”“斩龙岛”“天鹅山庄”“女娲石”等。

在中国的其他景区，有山者，常常无水；有水者，往往无山；有山有水者，又难得有岛。而我家乡的三岔湖，既有山，又有水，还有岛。山、水、岛同处一片蓝天下，共生共存，相互包容，彼此融合，从而构成了一个独一无二、无可替代的人文景观。

尤其在温暖的阳光下，轻柔的秋风中，当我乘船荡游湖中时，随处可见鱼儿戏于水面，小岛掩于树丛，偶有几只水鸟掠过，还会荡起一片生机与惊喜；而东岸十九道玉带般的长堤，更是将湖光水色，装点得柔美如画。我置身其中，仿佛身边的每一座山、每一个岛、每一棵树、每一朵花，甚至每一滴水，都是上帝赐予我家乡的礼物。

当然，三岔湖的价值与稀贵，还不仅仅只是地势优越，风景独特，而是龙泉山脉将成都等周边城市上空的乌云与废气作了天然的隔离，让人们摆脱了城市的喧嚣和钢筋水泥的包围，怡然自得地回归到川中丘陵的自然生态中，尽享人生之美好，生命之乐趣。

其实，三岔湖是个人工湖，最早是个水库，始建于“文革”中期。家乡老人告诉我说，当年为了修建这个人工湖，参与会战的乡亲竟有十万之众！而且历时三年，苦不堪言不说，还有人搭上了性命！因此，三岔湖既是上帝对家乡人民的恩赐，也是家乡人民勤劳的象征。可以预言，三岔湖不仅将是中国最好的修身养性之湖，同时还将成为世界独具风情的浪漫圣地。

在资阳，我不光重温了资阳的历史，还见证了资阳的现实。资阳地处四川盆地中部，是成都的东大门。这是一座人杰地灵的城市，曾诞生过不少重要的历史人物，譬如东周孔子之师苌弘、西汉辞赋家王褒、东汉经学家董钧、唐代诗人贾岛、南宋数学家秦九韶等。而且，1951年出土的“资阳人”头盖骨化石表明，“资阳人”是蜀人的祖先，早在三万五千年前，古老的“资阳人”便在这里开启了沱江流域的人类文明史。即是说，资阳市虽然年轻，却拥有了三万五千年的历史。这无疑是资阳一笔巨大的历史财富，也是资阳的无上骄傲与荣耀。只是多少让我感到有点遗憾的是，享誉中外的“资阳人”头盖骨化石已经出土了整整六十年，除了留有部分的文字记载，至今也未能像“北京人”“山顶洞人”那样闻名天下盛传于世。

不过，令我深感欣慰的是，有着悠久历史的资阳，已经开始焕发出一种生机与活力。在我的感觉中，资阳人民正以惊人的速度，积极开创着资阳新的历史。比如资阳抓住机遇，正主动融入成都、重庆的经济区，并计划将资阳打造成四川工业强市和现代畜牧经济强市。目前，资阳的机车制造能力为亚洲第一，山羊屠宰加工能力为全国第一，低速载货汽车装配能力为全国第二，汽车轮胎生产能力为全国第三，生猪屠宰加工能力居全国前五，基本形成了造车、食品、医药、纺织、建材五大骨干工业。尤其随着四川“东向战略”的推进，资阳已成为成都、重庆经济带上无可替代的重点城市，各种商机如雨后春笋般正出现在这座古老而年轻的城市。

在安岳，精美的石刻和诱人的柠檬令我流连忘返。我在全国各地，见过不少石刻，却从未见过安岳如此古、如此多、如此精、如此美的石刻。安岳石刻“上承敦煌，下启大足”，特别是始于南北朝、盛于唐宋的石刻，被称为“中国古代雕刻的又一伟大宝库”。其石刻的数量，多达十万余尊，且还珍藏有四十余万字的石刻经文。而其中最令人叹为观止的，是“紫竹观音”。“紫竹观音”高三米，雕技精湛，精美绝伦，被海内外游客誉为“东方维纳斯”。在那个细雨蒙蒙的下午，当我站在“东方维纳斯”面前时，心中油然而生的，是万千的敬畏与无限的悲悯。

安岳人不光有浑然天成的佛像——精神的天国，还有亲手种植的柠檬——现实的乐园。安岳的柠檬，满山遍野，无边无涯，花开四季，果香万里，其产量不仅占据了中国的大半个江山，其产品还畅销海外闻名世界。不仅英国、俄罗斯等国是安岳柠檬的常客，而且据说德国人的一张订单，就是上万吨！所以，安岳既被称为“中国民间石刻艺术之乡”，又被誉为“中国柠檬之都”，其发展前景，不可限量。

在乐至，留给我最深印象的，是舒适的生态、清新的空气以及陈毅的故居。乐至县建制始于唐武德三年，即公元 620 年。这儿土地肥沃，物产丰富，树木茂盛，全县森林覆盖率达百分之三十二点六，是全国最早的绿化先进县和造林百佳县。不仅市区内的生态保护很好，寺庙的生态保护同样完美。比如，位于县城以东十八公里的龙门乡金龟山下的报国寺，寺内殿、堂、楼、塔，珠光四射，琉璃生辉；寺外古树参天，绿树成荫。我漫步其间，所到之处，空气清新又纯正。而在这清新、纯正的空气中，除了充足的负氧离子，我似乎还感受到了一种融入天地间的浩然正气！我想，或许这是因为，在乐至一千多年的历史长河中，不仅积淀了深厚的文化底蕴，留下了理学鼻祖陈抟、宋代名相寇准的足迹，孕育了孙中山大本营秘书长、大学者、大诗人、大书法家谢无量先生，而且生于斯长于斯的开国元勋陈毅的故居也静卧于此。陈毅元帅故居，是一座具有浓厚川中民居气息的三重堂穿斗木质结构的建筑群。故居坐东朝西，依山傍水，占地一万一千一百平方米，建筑占地七百五十平方米，五个庭院，大小房屋三十六间。房屋四周，遍种慈竹，葱茏掩映，美妙至极。于是，一个集“红色旅游、绿色生态、宗教文化”为一体的旅游景观，便构成了乐至的一大特色。

…………

总之，在家乡走访的日子里，虽然我也看到，一些地方依然没有摆脱贫穷的噩梦，家乡不少人依然还在为生存、为饭碗、为金钱日夜奔波，拼命操劳，但我确实看到家乡正在发生着前所未有的变化。这种变化不光是山川河流、道路交通、城镇乡村、田间房屋，而更重要的是人，是人的心灵与人的精神。我真切地感到，我儿时的梦想在勤劳的家乡人民的苦苦挣扎、拼命奋斗下，正在一天天一步步地变成现实。并且我从这些现实中，依稀看到了明天的希望。为此我感到高兴，也感到欣慰。

愿家乡尽快彻底摆脱贫困，愿我儿时的梦想早日成真！

2010 年 9 月 28 日

母亲的最后一滴泪

今天是母亲节，想起母亲。

母亲在世的最后一个夜晚，我一直陪伴在母亲的身边，那是在四川医学院的一间病房里。

接到家人打来的电话，我从北京匆匆赶回成都。可为时已晚，躺在病床上的母亲已深度昏迷，不省人事。于是，我与母亲的最后一次交流，没有话，只有心。

母亲临终前夕，已是黎明。儿子从北京打来电话，我忙将手机贴近母亲的耳边；随着儿子千里之外一声“奶奶”的泣喊，我惊讶地看见，已经两天两夜深度昏迷、不省人事的母亲，眼角居然挤出一滴泪水！

这是母亲活在世上流下的最后一滴泪。这一滴泪，是母亲对人世的终极告别，还是对儿孙的最后牵挂？我不得而知。但我可以肯定的是，为了流完最后这一滴泪，辛苦了一辈子的母亲用尽了她生命的最后一点气力。

这一滴泪，像一个沉沉的句号，从此结束了母亲的一生。

那一刻，我似乎才恍然第一次真正懂得了什么是母亲。

母亲，就是那个一辈子操心，一辈子流泪的人哪！

我的母亲，和中国绝大多数母亲一样，一生中不知流过多少泪。

为生存，为儿女，为老人，含辛茹苦，一生操劳。唯独不为的，便是她自己。

然而，从生到死，一直陪伴在母亲身边的，既不是血浓于水的爹妈，也不是疼她爱她的儿女，而是细如秋雨、悄无声息的眼泪。母亲三岁丧父丧母，孤身长大成人，四九年前受苦，四九年后吃苦，一生几乎与苦相伴。但母亲用她天生的善良与伟大的坚韧，却成功地养育了她的七个儿女。直至生命的尽头，流完最后一滴泪，才以泪洗面，默然离去……

写到此，我的眼里禁不住溢满了泪水……

我知道，这是我想念母亲的泪，更是我悔痛不已的泪！

作为儿子，几十年来我背井离乡，漂泊四方，“忧国忧民”，孤坐书房，写下千万字的“作品”，却没为自己的母亲留下一个字！

尤其不孝的是，几十年来陪伴在母亲身边的日子，是那样的短；与母亲聊天的时候，是那样的少；甚至有时，还惹母亲生气。

此时此刻，除了愧疚、除了悔痛，除了酸楚、除了自责，还有什么？今生今世，名誉、地位，金钱、物质，于我何用！

母亲大人，安息吧，恕儿不孝！

2012年5月13日匆匆写于母亲节

曼德拉，走了

今天，曼德拉走了！

全世界的天空，好像一下改变了颜色；全世界的江河，也似乎突然减缓了流速。

在我看来，与其说曼德拉是位总统，不如说他是位老人，一位充满了人情、血性与正义的老人。

他先当囚徒，后当总统，都是在他的祖国。他坐了整整二十七年的牢房，吃尽苦头，受够折磨，却只差五年，便活够一个世纪！

他一生都在奔走，都在呐喊！而所有的奔走，所有的呐喊，都是为了一个最纯粹、最高尚的目的："让自由主宰一切！"即便在他的生命停止呼吸、不得不躺下的那一刻，他也依然挺着胸膛。

是的，九十五岁，这本身就是一个奇迹！但这不是他生命的长度，而是他精神的标杆。因为他深深懂得，生命中最伟大的光辉，不在于永不坠落，而是坠落后总能再度升起。

因此我要说，曼德拉不仅是新南非的救世主，更是为人类的进步而与各类不平等或丑恶现象做斗争的勇士；他的思想不仅是南非人民的宝库，也是全世界人民的福祉。

难怪美国总统奥巴马说："曼德拉是正义、平等和尊严的象征。"

可惜，曼德拉走了。一代伟人，从此告别人世。

然而，曼德拉虽然走了，却还活在我们的身边；他尽管告别了人世，却留在了人心。如同中国诗人臧克家纪念鲁迅的诗文所言：有的人活着，他已经死了；有的人死了，他还活着。

这是因为，曼德拉为人类的尊严、人类的平等和人类的自由而无私奋斗的精神，像一枚种子，深深种在了我们的心上；而他生前说过的那番话则如一束火炬，永远照耀着我们行进在追逐自由的路上："你若光明，这世界就不会黑暗；你若心怀希望，这世界就不会彻底绝望；你若不屈服，这世界又能把你怎样。"

曼德拉老人，请放心走好！

2013年12月6日晚匆草

我的五次高考梦

我的高考梦不是美梦，而是噩梦；且梦得早，醒得晚。

我的第一次高考梦是 1973 年。

高中毕业，我唯一的梦想，就是考四川大学中文系。而之所以要考中文系，是想当作家；认为只有考上中文系，才能当作家。但我做梦也没想到，就在我积极准备报考并有足够把握考上川大中文系时，中央的红头文件说下来就下来了。红头文件规定：应届高中毕业生必须下乡两年以上，才能参加高考，而且必须获得贫下中农的推荐。换句话说，我虽然高中毕业了，成绩也不错，却没有资格参加高考。

我的第二次高考梦是 1977 年。

高考无门，我被迫当兵，去了而今闻名天下的四川西昌卫星发射场。发射场位于大凉山一个原始的大山沟里，信息封闭，与世隔绝，绝对保密，除了荒凉的寂寞便是寂寞的荒凉。在度日如年的大山沟里，我苦苦熬了三年。其间，高考的梦想彻底毁灭，虽然偶尔也会想起，却不过是一片清醒的梦幻而已。直至 1977 年，高考的春风吹到了大山沟，我夜不能寐，喜极而泣，连夜偷偷准备应考。不料，等到报考专业时，由于我所在的发射基地是准备发射宇宙飞船的，急需培养的是科技人才，所以上级分配下来的高考指标，全是理科专业。结果，我连报考的机会都没有。

我的第三次高考梦是 1984 年。

这一年，解放军艺术学院文学系创立，首次向全军招生，其对象是各大军区的“青年作家”、创作骨干。解放军艺术学院是我心中的艺术殿堂，刚当兵时就有所耳闻，却不曾有过一次梦想——不是不想，而是不敢想。当时，我正在北京国防科工委创作室帮助工作，听说解放军艺术学院文学系要招生，心动不已，鼓足勇气，斗胆一想。可惜，国防科工委只有一个指标，这个指标理所当然地给了另一位老同志。于是，解放军艺术学院的高考梦还没开始便结束了；而这一年，大师兄莫言却有幸踏进了解放军艺术学院的门槛。

我的第四次高考梦是 1986 年。

这年的高考梦仍是解放军艺术学院。本来我已下定决心，非解放军艺术学院不考，但北京传来消息，说解放军艺术学院文学系可能停办，不再招生了。我求学心切，只好被迫改考西昌师范专科学校政治历史系。谁知我刚进校门一个星期，便传来解放军艺术学院招生的消息。我气急败坏，面对校长，大吼一声：退学！然而，我去地方学校学习，是党组织的决定。胳膊拧不过大腿，也不敢去拧大腿。最后，只好服从组织，放弃个人梦想。

我的第五次高考梦是 1989 年。

这年的高考梦还是解放军艺术学院。但在即将准备应考前夕，部队领导找我谈话，希望我留下来，并向我抛出了某种暗示。但这时的我有一种豁出去的冲动，解放军艺术学院梦比任何时候都更为强烈，便向领导表态说，让我去试试，能考上，请让我走；考不上，我甘愿留下。谢天谢地，领导同意了。我当即给解放军艺术学院寄去作品。作品通过后，接着参加全国统一的文化考试。考试这天，我有点紧张，紧张的当然不是考试本身，而是苦苦等待了十六年才终于第一次有资格坐在了高考的考场上！因此，当我提笔在试卷上写下我的考号时，我的内心不是一种激动，而是一种豪迈甚至悲壮！

1989年8月的一天，我终于收到了解放军艺术学院的录取通知书。在我打开录取通知书的那一刻，我的眼睛潮湿了。这当然是高兴的泪水，但更多的还是一种说不出的无奈与苦涩。

毕竟，这是一张迟到了整整十六年的大学录取通知书啊！

2014年7月8日

雾霾日记

题记：这是我近两年随手写下的发在网上的有关雾霾的几段零星的文字，凑在一起，就叫《雾霾日记》吧。但愿读者朋友尤其是政府官员们看了之后，能铭记雾霾，反思雾霾，警惕雾霾，重视雾霾，直至驱除雾霾，从而还中国蓝天白云，还人民正常呼吸。

如果首都变“雾都”

（2003年1月15日）

今天，北京一片灰蒙，不见天日。不少人都不敢出门了，甚至连每天必须出门买菜的老大妈，也望而却步。“雾霾”二字像个大口罩，一夜间全都挂在了北京人的嘴上。

听电视里的专家说，英国的首都伦敦曾经叫“雾都”，后来经过五十年的治理，才摘掉了“雾都”这顶帽子。那么中国的首都北京，如果有一天也变成了“雾都”，要摘掉这顶帽子，得多少年啊？

现代化的核心，不是金钱而是人

（2003 年 1 月 16 日）

今天，中央气象台预报，安徽、江苏、浙江、江西等地已出现能见度不足一千米的大雾，未来两天，我国中东部的雾霾还将继续出击！此前，《中国环境分析报告》曾宣称，全世界污染最严重的十个城市中，中国就占了七个；而在中国五百个城市中，半数城市已遭严重污染，其空气质量能达到世界卫生组织推荐标准的，仅剩下了四个！

注意，这不是危言耸听，而是官方向世人正式公布的确凿数据！难怪有网友调侃说："世界上最远的距离不是生与死，而是我站在北京街头牵着你的手，却看不见美丽动人的你。"

的确，排山倒海似的雾霾每天都在告诉并提醒我们，有些地方现代化，其实不是真正的现代化；有些部门的 GDP，也不是货真价实的 GDP。持续不散的雾霾在反反复复、不厌其烦地警告政府的同时，也在反反复复、不厌其烦地警告我们每个公民：中国现代化的核心，其实不是金钱；中国 GDP 的实质，也不是物质，更不是肆无忌惮、无限膨胀的权钱交易，而是人！一个个被上帝赐予了鲜活生命的人，一个个拖儿带女还要打工赚钱养家糊口偿还房贷的人！离开了人的身心健康，其他一切，都无从谈起。

可以活得不健康，但必须活得有尊严

（2013 年 1 月 17 日）

改革开放前，中国人曾遭受过"政治雾霾"的迫害；改革开放后，中国人又遭受和正在遭受“人造雾霾”的惩罚。“政治雾霾”是对人心灵的无情摧残，“人造雾霾”是对人身体的极大伤害。我们的电视广播里不是天天都在讲“小康”吗？我们的央视记者不是举着话筒到处在找“幸福”吗？那就请：治雾先治“捂”，除“霾”先除“瞒”；让中国人的“小康”从健康起步，让老百姓的“幸福”从呼吸开始！中国人可以任劳任怨，忍辱负重，但不能没有正常呼吸；中国人可以活得不健康，但必须活得有尊严！

富豪为何移民美国?

（2013 年 1 月 18 日）

今天，一位在美国的朋友来信说，他昨天在长岛遇见一个移民美国的中国富豪。这个中国富豪很有钱，来长岛是为给家人挑选几套房子。他与这个中国富豪聊天时，中国富豪告诉他说：“我在中国，可以买到我所有想要的商品，包括任何城市、任何地段的房子，但我却买不到干净新鲜的空气。而空气，是时刻维持我们生命的必须！这就是我为什么要移民美国的根本原因！”看罢此信，犹如醍醐灌顶，我恍然大悟：中国为什么会有上万个贪官卷走数千亿巨款亡命天涯，原来他们早就知道，雾霾迟早有一天会遮挡中国的蓝天，中国的蓝天迟早有一天会“爆表”！

中国“污染持久战”，还要打多少年?

（2013 年 1 月 30 日）

今天，北京的天气再次糟糕透顶，百米之外几乎不见天地与人影。

此前有报道说，1 月 13 号这天，北京一些地区的 PM2.5 指数，已经超标近百倍！而今天北京气象台公布，本月北京雾霾日已多达二十五天，创下了 1954 年以来同期最多。故 2013 年 1 月，是北京近六十年来的最“霾汰月”！还有资料显示，1952 年的伦敦雾霾事件，曾夺走了一万二千多人的生命！

由此看来，北京的空气污染倘若继续如此恶化下去，甚至变成不以为然的常态，那“首都”变“首污”，京都变“雾都”，绝无任何悬念，只不过是早一天晚一天的事情。

可今天，国家环保部副部长首度回应污染问题时则说，欧美等发达国家耗费了三十到五十年才基本解决大气污染问题，我们要正确对待当前的大气污染形势，要做好打持久战的思想准备！我对大气污染和治理雾霾的事一点不懂，只想问问这位部长，英国的雾霾事件已经是半个多世纪前的事了，中国的“环境污染持久战”已经打了好几个“抗战”，到底还要准备打多少年啊？

让十三亿中国人尽快正常呼吸！

（2013 年 1 月 31 日）

今天，浓浓的雾霾再次遮挡了北京的天空，堵住了人们的呼吸。昨天，卫星遥感监测数据显示，全国灰霾覆盖面积已高达一百四十三万平方公里！而今天，中央电视台说，中国已有八亿以上的人受到强霾的污染！难怪中国工程院院士钟南山忍不住再次挺身而出、大声疾呼：“雾霾对呼吸系统、心血管、脑血管等都有影响。北京近十年肺癌增加了百分之六十，空气污染是非常重要的一个原因！大气污染比‘非典’更可怕。‘非典’可以隔离，但大气污染任何人都跑不掉！”

因此，当“雾”之急，我不得不以一个作家的名义，再次吁请中央，召开紧急会议，果断拿出对策，让十三亿中国人尽快正常呼吸！

天文学家都无法仰望星空了

（2013年3月23日）

今天，古都南京与北京一样，再一次遭受了严重雾霾。严重的雾霾不仅严重影响了南京市民的正常呼吸，而且还严重污染了紫金山天文台的天文望远镜。由于被雾霾严重污染的天文望远镜的镜头擦一次就得花费人民币十万元，而紫金山天文台无法承受这十万元之重，于是有着近七十年历史的紫金山天文台的主要观测工作点，只好被迫移师盱眙、云南、青海等外地。换句话说，严重的雾霾，居然已经严重到了让中国的天文学家们都无法仰望星空了！我由此不禁想起“文化大革命”中一首颇为流行的歌来，这首歌中唱道：“抬头望见北斗星，心中想念毛泽东。”然而不过短短几十年，天上的北斗星就望不见了。倘若继续如此发展下去，中国人的眼里除了地上的金钱和天上的雾霾，还能看见什么？那么到这个时候了，我们是不是应该停下匆忙的脚步，好好想一想未来子孙们的环境生存问题呢？

要金山银山，还是要锦绣河山？

（2013年12月8日）

五十年前，即1961年，苏联成功爆炸了一颗五千八百万吨级的氢弹。这颗氢弹的威力，相当于美国投向广岛原子弹的两千倍，其毒害范围高达七百公里！而五十年后的今天，在我的感觉中，雾霾也像一颗看不见摸不着的氢弹，神不知鬼不觉地便在我们的头顶悄然“爆响”了！

据近日官方有关部门数据显示，目前的中国，雾霾已致二十个省、一百零四个城市重污染。也就是说，严重的雾霾，其毒害范围，已远远超过了当年苏联氢弹爆炸的七百公里；其毒害程度，也并不亚于当年苏联氢弹爆炸的杀伤力。而据有的专家说，雾霾既有生理危害，还有心理威胁；雾霾不仅会导致癌症，甚至还会提高自杀率。由此看来，中国的雾霾不仅严重影响到了人的身体健康，而且已经开始危及人的生命的长短。

那么，面临如此残酷的现实，我们到底是要锦绣河山，还是要金山银山？我们到底是要高楼大厦，还是要白云蓝天？我们到底是要个人健康，还是要大国脸面？我们到底是要不正常的GDP呢，还是要正常的自由呼吸？我想，这个问题到了每一个中国人都该唱唱《国歌》的时候了。

今天的态度，决定明天的命运

（2013年12月12日）

面对雾霾，是爬上高山，振臂高呼，对天抗议？还是戴上口罩，缩到墙角，低头隐忍？

中国人今天的态度，决定明天的命运。

雾锁长江，霾罩拉萨

（2013 年 12 月 19 日）

今天，美丽纯净的西藏拉萨，居然也出现了浮尘雾霾天气。据PM2.5 监测网测定，截至今天 11 点，拉萨公布空气质量指数（AQI）为三百四十五，已达到严重污染的程度，甚至雄伟壮观的布达拉宫也被湮没，只能看到一抹灰色的影子；而大量的沙尘被大风刮到几千米处后，再顺风南下，结果导致拉萨贡嘎机场周边的能见度也不足五公里，造成七架飞机无法降落，最后只有被迫返航。

而我清楚地记得，就在本月初，长江三角洲地区也出现严重雾霾。长江三角洲素以秀丽著称，如今为何也雾霾横行？据专家分析认为，根本原因是大量的煤电、钢铁、水泥等工业污染物排放所致。此外长三角与京津冀的面积相仿，若按单位面积容纳的工业污染物数量算，仅比京津冀低了百分之一点九。因此一旦遇到不利于污染物扩散的气象条件，长三角洲地区遭受严重的雾霾污染，便是自然而然的事情，一点也不足为奇。

但让我深感奇怪的是，近年来雾霾频出，殃及全国，现在竟然又雾锁长江，霾罩拉萨！如此严重的问题明明摆在我们的眼前，为何就是不见哪位主管挺身而出，拍案而起？或者哪怕背对国人，小声咕噜一句“对不起”？

雾霾，肺癌的罪魁祸首？

（2013 年 11 月 18 日）

今天看报道，由上海复旦大学公共卫生学院环境卫生教研室与广药集团旗下企业白云山潘高寿共同合作完成的防治 PM2.5 伤害研究项目成果公之于世，结果令人十分震惊！该项目组历时五个月，通过研究解剖大鼠后发现，PM2.5 对照组大鼠经过隔天滴注总计六天后，肺组织变硬，一个活生生的鲜肺，竟变成了“黑肺”。该研究项目组负责人、复旦大学博士生导师宋伟民表示：“PM2.5 颗粒对肺的损伤一旦形成，治疗的药物成本和时间成本就会大大增加，如果形成‘黑肺’，彻底消除的难度大大增加，几乎无逆转可能。”

中国工程院院士钟南山在今年两会期间也曾向记者表示，PM2.5 作为颗粒物本身还是一种载体，可以携带二氧化硫甚至病毒，进入人体肺泡并被巨噬细胞吞噬，从而永远留在那里。

而世界卫生组织下属国际癌症研究机构也指出，目前有充足证据显示，暴露于户外空气污染中会致肺癌，接触颗粒物和大气污染的程度越深，罹患肺癌的风险就越大。

是的，肺癌是目前世界公认的“癌中之王”。据国际癌症研究机构最新数据显示，全球 2010 年因肺癌死亡的患者中，二十二万三千人皆因大气污染而导致患癌。而中国肿瘤登记中心发布的《2012 中国肿瘤登记年报》也显示，中国每年新发肿瘤病例约为三百一十二万例，平均每天就新发肿瘤病人八千五百五十人。也就是说，每一分钟，中国就有六个人被诊断为恶性肿瘤。而恶性肿瘤发病第一位的正是肺癌。尤其在近三十年间，中国肺癌死亡率已经上升至百分之四百六十五，成为上升速度最快的癌症，而且已取代肝癌，成为我国首位肿瘤的死因。所以有人认为，雾霾很可能就是导致肺癌的罪魁祸首！

这一结论是否属实，有待进一步论证；而现在的事实是，雾霾对人体造成的威胁，已经不是可怕，而是恐怖了！若不尽快采取有效措施，岂不后患无穷！

盼望奥运会

（2014 年 1 月 30 日）

今晚出门散步，偶遇一位老友。

老友一边捂着胸口，一边咳嗽。我问，怎么啦？

老友说，快、快、快，强烈要求北京再办一次奥、奥运会！我迷惑，不解，再问，为什么？

老友喘了一口气，说，奥运会那会儿，北京空气，多好啊！

自由呼吸才是真幸福

（2014 年 2 月 1 日）

今日起床，见北京云开雾散，天日重见。一高兴，写下几句顺口溜：

天大地大，不如环境毒气大。

爹亲娘亲，不如新鲜空气亲。

小康大康，不如自己身体健康。

这法那法，《环境法》才是根本法。

这利那利，空气才是好福利。

这福那福，自由呼吸才是真幸福！

不望最大，但求最好

（2014 年 3 月 5 日）

今日看报道，说中国科学院拟在北京怀柔，建立一个世界上最大的雾霾实验室，以模拟灰霾的形成和治理。该实验室初步预算为五个亿，目前已经立项；但尚未获得发改委的正式批准。

我以为，创建雾霾实验室非常必要，虽来得晚了些，毕竟还是来了。不过，我不奢望什么“世界最大”，但求效果最好。因为大小不过是个好玩的说法，让中国人能正常呼吸，健康生存，才是实质，才是目的。

不能趁着大雾装瞎子

（2014 年 3 月 6 日）

连日来，北京严重霾污染，中央气象台连续发布霾黄色预警！浓浓雾霾锁住了天锁住了地，锁住了呼吸也锁住了人心！人们怨气滔天，却只能忍气吞声。面对如此危急情况，我必须说的是，守土要有责，在位须谋政。北京市政府必须壮士断腕，火速下令，尽快勇敢承担起属于政府职能部门肩负的那份责任！而万万不可无闻、无畏、无为，更不能无视雾霾的污染，趁着大雾装瞎子！

只想说一句

（2014 年 10 月 11 日）

北京连日重度雾霾污染，不敢出门。整整三天七十二小时，我把自己反锁在家。直至今天下午 5 点，我才推开窗户，抬头望天。可天依然不见。于是，憋了三天七十二小时的我，此时此刻，只想说一句：宁要一口正常呼吸，也不要“世界第一”！

出门别忘戴口罩

（2014 年 10 月 16 日）

近一时期以来，雾霾遮满天，口罩罩大地。北京人一旦出门，几乎都戴上了口罩。老人戴口罩，小孩戴口罩，姑娘戴口罩，小伙戴口罩，交警站岗戴口罩，模特走秀戴口罩，甚至有人替天安门前的毛主席也戴上了口罩！

口罩成了一种标识，成了一种警示，成了一种道具，甚至成了一种耍酷。大大小小的口罩，五颜六色的口罩，各种功能的口罩，贵的贱的口罩，犹如冬日的菊花，盛开在祖国九百六十万平方公里的大地上，迅速成为一道亮丽而独特的风景。至于口罩是遮霾，还是挡嘴？是暖人，还是慰己？其实谁也不知道。

然而，2014 年中国影响地球最大的一句话还是像病菌一样很快流行起来了，这句话就是：出门别忘戴口罩！

于是，雾霾赐予了商家一个赚钱的绝佳机会，口罩成了 21 世纪中国最新最快的一个产业。

捍卫生存环境，就是最大政治

（2014 年 12 月 9 日）

今天，北京又是重度雾霾！重到什么程度？嘴巴不能张，空气不能呼，窗户不能开，家门不敢出。最可怜的，是儿童和老人——尤其是那些有病的儿童和老人！

为了了解一点实情，掌握一点真相，顶着雾霾，我去了医院。

医院人来人往，上上下下，人山人海。平常病人本来就多，雾霾空袭，病人更多。而在这些病人中，呼吸道被感染的儿童和老人最多！他们躺在床上，望着窗外，张着大嘴，呼吸异常困难而又十分急促。可在这困难而急促的呼吸中，他们两眼还直愣愣地望着雾霾沉沉的窗外，即便在痛苦地挣扎着，似乎也在幻想着能看见清澈明朗的万里蓝天！

面对此情此景，我不由得悲从心起。昔日万众景仰的首都，今日为何变成了人人伤心的“雾都”？原因究竟何在？到底谁的责任？进而我还想到，什么是“依法治国”？驱除人造雾霾，就是依法治国；什么是最大政治？捍卫生存环境，就是最大政治！

记住，是为了忘记

——写在抗日战争胜利七十周年

一

在我们居住的这颗蔚蓝色的星球上，也许再也没有比战争这个恶魔，更能蹂躏、摧残人类的情感与命运了。

上世纪 30 年代发生在东方中国黄土地上的抗日战争，离我们已经整整七十年。在这场长达八年的战争中，一个世界上最古老的文明大国，遭到了最野蛮的强暴；一个本来就贫穷瘦弱的民族，经受了最深重的苦难。据统计，在第二次世界大战中参战的国家有六十一个，人口超过二十亿，战火遍及欧、亚、非及大洋洲，交战双方动员的兵力高达一亿一千万人！据不完全统计，在抗日战争中，中国人伤亡总数为三千五百万，其中两千一百万同胞死于非命，三百八十万将士战死疆场，占世界伤亡总数的百分之四十。而在这数以千万的伤亡者中，绝大部分都是手无寸铁的平民百姓和体残多病的老弱妇孺！

一个民族的悲剧与悲壮，是何等的巨大而不可理喻啊！

二

人类自己的历史，常常是自己的新闻。

1927 年 7 月 25 日一个上午，日本首相田中义一向昭和天皇呈上一份秘密奏章。这份秘密奏章题为《帝国对满蒙之积极根本政策》。

1928 年 6 月的一个夜晚，一个日本皇室书库官领着一位日籍华人，偷偷潜入日本皇室书库。几分钟后，这位日籍华人从一书柜中取出一份密件，然后将碳酸纸铺在原件上，用钢笔一笔一画地描了起来。这位日籍华人叫蔡智堪。他躲在皇室书库内，用了整整十天时间，才将这份密件抄录完毕，然后秘密寄至中国东北保安总司令部外交主任王家桢的手上。

这份密件，便是日本首相向昭和天皇呈上的那份《帝国对满蒙之积极根本政策》，史称《田中奏折》。

一年后，《田中奏折》曝光，震惊世界！

《田中奏折》的主要内容可概括为："依照明治之最后遗志"，先征服台湾，后吞并朝鲜，再征服满蒙和中国，最后收拾南洋和印度、中亚和欧洲。为此，要"打到美国，与苏作战"。

而《田中奏折》的具体内容，主要包括如下五个方面：

一、确立以满蒙为侵略扩张基地的战略："惟欲征服支那，必先征服满蒙。如欲征服世界，必先征服支那。倘支那完全可被我国征服，则其他如小、中亚细亚及印度、南洋等异服之民族，必畏我、敬我而降于我，使世界知东亚为我国之东亚，永不敢向我侵犯。此乃明治大帝之遗策，亦是我帝国存亡必要之事也!”

二、确定以美、苏为阻碍征服世界之假想敌国:“然欲以铁与血主义实保中国东三省,则第三国之阿美利加必受支那以夷制夷之煽动起来而制我,斯时也,我之对美角逐势不容辞。”“将来欲制支那,必以打击美国势力,为先决问题。”“中国为独立计,不得不与美一战。”“将来在北满地方比与赤俄冲突。”

三、歪曲历史,否认中国对满蒙之主权:“所谓满蒙者,依历史,非支那之领土,亦非支那之特殊区域。”“中国此后如有机会时,必须阐明其满蒙领土权之真相与世界知道;待有机会时,以得寸进尺方法而进入内外蒙,以新其大陆。”

四、改变满洲铁路经营体制,欺骗世界舆论:“南满铁道之一举一动往往而累及内阁,皆因南满铁道之组织虽为半官半民,其实权皆操诸内阁之手,是每每欲发展于满蒙之时,国际间每不满南满铁道公司为一经济公司,而竟看作政治的纯然机关。”“故拟南满铁道公司根本变更,将南满铁道公司之附带事业中,择其利多益大事业悉数提出为独立公司,暗附南满铁道公司之势力而急进满蒙……为帝国使命而猛进。”

五、尽力扩大日本在满蒙的权益。这个权益包括:铁路建筑权、土地商租权和交通、外贸、金融权,以及在满蒙的各个部门设日本顾问或教官。

由此可见,《田中奏折》是日本一个庞大而充满野心的战略计划,它涉及政治、外交、军事等诸多方面,宏大而又具体。而侵吞中国、朝鲜、印度,乃至霸占整个亚洲,既是“明治大帝之遗策”,又是日本帝国的基本国策。这一国策早在日本明治初期便已密定，其目的就是为了解决发展资本主义与日本国土狭小、资源贫乏之矛盾。

于是，1874 年，日本入侵台湾；

1894 年，日本出兵朝鲜，发动中日甲午战争；

1931 年 9 月 18 日，日本关东军向沈阳北大营中国驻军发动突袭，震惊世界的“九一八”事变爆发！

三

在沈阳柳条湖畔，铁路东侧，有一枚三米多长的用水泥浇铸的模型炸弹。这枚炸弹便是“九一八”之夜日本投向中国黑土地的第一枚炸弹！八十四年来，无论春去秋来，不管星移斗转，它始终坚如磐石，横卧在地，如同一位公正而又负责的证人，时刻向人们诉说着东北黑土地上那段悲惨的故事。

东北，曾是一片美丽而又丰饶的土地。然而自“从那个悲惨的时候”起，无边无际的黑土地上不见了太阳，没有了月亮，也不再生长大豆与高粱，而狂奔突来的是鬼子们的铁蹄，骤然鸣响的是侵略者的枪炮。一百多万平方公里的黑土地在日本关东军的铁蹄下流血呻吟，三千万东北同胞在日寇的淫暴中哭喊挣扎。原本充满了鲜花与笑脸、阳光与绿荫的松花江畔，到处都是骨肉同胞在逃命，兄弟姐妹在流浪……

而在北京西南郊的卢沟桥畔，有一群千姿百态的石狮，千百年来静静地坐卧于桥头的两侧，始终用一双平静而温和的眼睛打量着这个世界的春去秋来，冷热苦寒。然而，在 1937 年 7 月 7 日那个夜晚，当一群身穿土黄色军衣、头戴防锈钢盔的矮个子士兵端着刺刀，以卢沟桥为假想攻击目标，气势汹汹地扑向这群石狮时，石狮们个个都被惊得失魂落魄，目瞪口呆！

这便是震惊中外的“卢沟桥事变”。

“卢沟桥事变”是日军全面侵华的开始，也是全国抗战的起点。在那日夜流淌着泪水与鲜血的岁月里，中华儿女用千疮百孔、弹痕累累的躯体，对抗着用飞机大炮武装到牙齿的侵略者；用民族的血性与气节、精神与胆魄，筑起一道血肉长城。无论前线后方，不分男女老少，纷纷拿起扁担锄头、长矛大刀，一齐向鬼子头上砍去！国民党第二十九军“大刀队”中一位年仅十九岁的小战士，竟用手中的大刀，一口气砍掉了九个鬼子的脑袋！

然而，“卢沟桥事变”后，日军向华北发起总攻！

7 月 29 日，北平沦陷。

7 月 30 日，天津失守。

8 月 13 日，淞沪大战爆发！

日军扬言：三个月灭亡中国！

四

中日淞沪大战，长达三个月。

国军参战人数四十万，日军参战人数二十万。为打破日军“三个月灭亡中国”的神话，国军顽强抵抗，奋力拼杀，士兵伤亡三分之二，旅长、团长伤亡达半。战斗进入最激烈时，国军一个小时，竟阵亡数千人！其惨烈、壮烈程度，为中国战争史上之最！

在淞沪大战的最后阶段，一位叫谢晋元的团长刚刚完成掩护几十万国军撤退的任务，又连夜率领八百名壮士死守上海四行仓库。谢晋元对壮士们说：“这里就是我们大家的坟墓，只要有一个人在，这块土地就是我们中国的！”防守租界的英国驻军派人劝说谢晋元：“只要中国军队肯解除武器，保证中国守军安全撤离。”谢晋元当即回答道：“我们的魂，可以离开我们的身，枪却不能离开我们的手。没有上级的命令，死也不退！”

结果，谢晋元率八百名壮士，经四个昼夜的对峙激战，打退日军一万多人次的疯狂进攻，毙敌二百余人，伤敌不计其数。日军闻风丧胆，草木皆兵。

不料，谢晋元率部刚刚撤出阵地时，租界当局却立即收缴了他的武器，并将他和八百名壮士送进了孤军营。在日后长达三年与世隔绝的孤军营中，谢晋元每天早上带领着八百名壮士列队站在操场中央，举行隆重的精神升旗仪式——面向国旗，心想国家，庄严敬礼！谢晋元说：“在上海租界，我们的言行，必须使友邦从我们身上看出中国人之气概，从此认识中国之精神！”

然而，如此一位英勇善战、气贯长虹的抗日英雄，只因坚决抗战，至死不屈，后来竟被敌伪收买的奸徒用铁镐猛击头部致死，年仅三十七岁。

噩耗传开，上海万民悲愤，前往送葬者多达数十万人！盖棺前，八百壮士抚棺大哭，长跪不起。

南京政府当即追赠谢晋元团长为陆军少将。而且，蒋介石专门通电各军师官兵：

> 谢晋元团长之成仁，为我中华民国军人垂一光荣之纪念，并为我抗战史上留一极悲壮之史迹……谢团长虽不幸殒命，然其精神，实永留人间而不朽！谢团长不仅表现我军人坚贞

壮烈之气概，亦为我民族不屈不挠正气之代表！

远在延安后方的毛泽东也仰天长叹："谢团长和八百名壮士，实为我中华民族之典范也！"

武汉青年诗人桂涛声还当即写下一首《歌八百壮士》的歌词，由音乐家夏之秋连夜谱曲，用音符向全世界发出了振聋发聩、鲜血淋淋的呐喊：

"中国不会亡！"

五

国军中的抗日英雄，当然不止谢晋元。

张自忠，国民党兵团总指挥兼集团军总司令。这位赫赫有名的司令官率队出生入死，冲锋陷阵，一战淝水，二战临沂，三战徐州，四战枣宜。在1940年5月15日南瓜店的战斗中，两次负伤的他本来可以安全转移，可他始终寸步不离；当他六处负伤、子弹穿胸、血流如注时，依然从容指挥，死守阵地；甚至在他口吐鲜血最后倒地的那一瞬间，面对日寇高声大喊的，仍是一个血迹斑斑的字眼——"杀！"

张自忠将军殉国后，日军第三十九师全体将士被他的忠勇深深打动，将他的遗体抬到战场以北二十里外，用酒精擦洗，白布裹好，浅葬于一祠堂后，再恭恭敬敬地插上一块木牌，上书："支那总司令张自忠"。

而全国上下，更是为之震悼！张自忠将军的灵柩在运转过程中，沿途各界纷纷迎灵致祭。当运灵专轮驶抵重庆朝天门码头时，蒋介石亲自率军政要员前往迎接；而远在延安后方的中共各界代表一千余人，也齐集中央礼堂，为张自忠将军举行了隆重的追悼大会。毛泽东、朱德、周恩来均献挽联。毛泽东的挽联上，是他自己挥毫写下的四个大字：“精忠报国!”

还有杨靖宇，这位声名显赫的东北抗日联军总司令兼政治委员，看上去衣着朴实、相貌平平，骨子里却是一个地地道道的铁血汉子。1940 年 1 月，日军对东北抗日联军进行疯狂“讨伐”，与部队失去联系的杨靖宇最后只剩下孤身一人。他的特卫排长崔胄峰叛变投敌后，带着日军对他步步追杀。他在茫茫雪地中日夜走着，爬着。渴了，抓一把雪团吞进肚里；饿了，嚼树皮、吃草根；及至最后，甚至撕扯下自己棉衣上一团团的棉絮，强行一口一口地咽进肚里……后来，当上百名日军将他层层包围时，他靠着一棵大树，打死打伤日军二十余人；并一边狂射，一边高呼：“中国不会亡！中国不会亡!”

杨靖宇阵亡后，日本鬼子割下他的头颅，欲将他剖腹示众。然而，当鬼子们剖开杨靖宇将军的肚子时，一个个全都被惊呆了，也被惊傻了！鬼子们亲眼看见，这位拖着他们在冰天雪地里周旋了数月之久的中国将军，胃里除了一些还来不及消化的树皮、草根和棉絮，竟然没有一粒粮食!

六

在八年抗战的日子里，令我们无法忘记的，除了人，还有一条河。

它的名字叫延河。

这是一条清澈而又浑浊的河，一条与千千万万的河相似而又不相同的河。它从安塞的深谷大川中走出，汇集一路山涧溪流，荡涤一路污浊残渣，而后在嘉岭山、清冰山和凤凰山下稍稍拐了一个弯，又一路涛涛滚滚向西、向南，再向东、向北，呼啸而去，最后直扑黄河，汇入抗日战争的滚滚洪流。

而延河的拐弯处，便是驰名中外的延安。

今天，当你一脚踏进这片依然平静、依然封闭、依然保持着荒原的童贞与原始的黄土地时，很难想象得出，这片如此贫瘠如此瘦弱的黄土地，当年怎么会支撑得起那场伟大的抗日战争？

想当年，刚刚走完两万五千里长征的红军将士撑着饥肠辘辘的肚子、迈着摇摇晃晃的步子辗转来到延安时，正是这片黄土地和这片土地上生于斯长于斯的延安人，以慈祥、宽厚和乐善好施的胸怀接纳了这支队伍，并用延安的窑洞、小米、酸菜和土布使之得以落脚，得以温饱，得以养精蓄锐，继而抖擞精神，重振雄风，使一支区区四万二千人的队伍最终发展壮大成为一支抗日救国的百万大军！

而在抗战的八年中，这些满脸皱纹、一身黄土的延安人，又用自己的真情与赤诚，最终把共产党送出了黄土坡，送过了黄河；把挥戈高原的西北野战军送出了黄土地，送到了解放全中国的大战场；把吃黑豆钱钱饭吃得满嘴乌黑的共产党领袖和高级将帅们送出了土窑洞，送进了北京城！

七

翻开八年抗战发黄的历史，我们很容易发现一个事实：日军对中国人的血腥屠杀，堪称人类战争史上最黑暗、最肮脏的一页！倘若不是铁证如山，今天的我们恐怕无论如何也无法相信，在那个被叫作“日本”的岛国上，当年怎么会钻出这么一群不是东西的东西！

——1937 年 12 月 13 日，日军侵占南京后，在松井石根大将和第六师团长谷寿夫的指挥下，对中国人进行了长达六周惨绝人寰的大屠杀。据中方有关数据表明，日军在南京集体屠杀中国人十几万，零散屠杀中国人十几万，中国人被屠杀总数大约为三十万！有的专家还有这样一种说法：若把南京死亡者的手连起来，可从南京一直牵到杭州。其血液总量可达一千二百吨，尸体可装满二千五百节火车车厢！

——1938 年 2 月下旬，日军第十四师团侵占河南浚县，五百多名妇女被强奸，四千五百余名百姓被杀。有的村里血流成河，尸体成垛。尸体相叠，高达一丈有余！

——1937 年 9 月至 1945 年 8 月，日军对大同煤矿实行灭绝人性的“以人换煤”的血腥政策，共摧残致死中国矿工六万余人。据有的老矿工回忆，光是较大的“万人坑”，就有十四个！

——1940 年，日军在哈尔滨以南二十公里的平房车站附近建立了一个专门研制和使用细菌武器的部队，代号“七三一”。据苏联军事法庭和“七三一”队员证实，该部队直接用于细菌实验而丧命者达三千余人，死于细菌的中国人则数以万计。而且，日军还将注射有伤寒菌的大饼分别送到上海、北京、南京、武汉等地，让被关在这些地方的集中营里的中国人吃，然后再将这些吃过大饼的人放出去，让伤寒在社会上继续流传；甚至日军在撤退时，也不忘记将剩余的细菌抛撒在中国的土地上。

…………

据有关部门的统计数字，在八年抗日战争中，光敌后战区，日军便杀死中原区七万人，杀死晋绥边区十五万人，杀死苏皖边区二十四万人，杀死冀热辽边区三十四万人，杀死晋察冀边区四十八万人，杀死山东区九十万人，杀死晋冀鲁边区一百万人！

据抗战赔偿委员会在《中国责令日本赔偿损失之说帖》中做出的

结论，在八年抗日战争中，中国人民受战争损害者至少在两亿人以上。我军伤亡三百三十一万多人，人民伤亡八百四十二万多人。直接财产损失三百一十三亿美元，间接财产损失二百零四亿美元。

据中国历史学家多年研究考证、计算的结果，在八年抗日战争中，中国军民伤亡共三千五百多万人，中国损失财产及战争消耗高达五千六百余亿美元！

这些鲜血淋淋的数字，十三亿中国同胞，会忘记吗？

如此千古奇耻大辱，堂堂中华大国，能忘记吗？

八

1945 年 5 月，苏军攻克柏林，德军正式向盟军投降，第二次世界大战欧洲战场的战争宣告结束。

8 月 6 日和 9 日，美国军队在太平洋战场对日作战取得胜利后，在日本的广岛、长崎扔下了两颗原子弹。十余万日本人因此而死亡，九万多日本人因此而受伤。

8 月 8 日，苏联政府对日宣战，出兵中国东北。

8 月 9 日，毛泽东发表了《对日寇的最后一战》的声明，要求八路军、新四军及其他人民军队在一切可能的条件下，对一切不愿投降的侵略者及其走狗实行广泛的进攻。

8 月 14 日，日本政府照会美、英、苏、中四国政府，宣布接受《波茨坦公告》。

8 月 15 日，日本天皇裕仁以广播《终战诏书》的形式，正式宣布日本无条件投降。

9 月 2 日，在日本横滨附近的美舰“密苏里”号上，日本外相重光葵、总参谋长梅津美治郎代表日本天皇在投降书上签字。同日，美国总统杜鲁门发表广播演说，宣布1945年9月3日为世界反法西斯战争胜利日！

9月9日上午，中国战区侵华日军投降签字仪式在南京国民政府中央军校大礼堂隆重举行。

这天，在大礼堂的正门上，悬挂着中、美、英、苏四国国旗；在中央军校的大门上，悬挂着“中国陆军总司令部”的匾额；在中央军校的广场四周，旗杆上飘扬着五十二个国家的国旗；在礼堂内的正面墙壁上，则挂着孙中山先生的遗像，遗像两旁分别悬挂着中华民国国旗和国民党党旗。参加签降仪式的中外官员、记者共计四百零五人。其中，中国军官二百一十九人，中国文职官员五十一人，中国记者五十二人；同盟国代表四十七人，外国记者三十六人。

8点56分，中国陆军总司令一级上将何应钦进入会场。

8点58分，日本投降代表、驻华日军最高指挥官、陆军大将冈村宁次等七人步入会场，而后脱帽向何应钦等鞠躬致敬。

9点9分，冈村宁次在两份投降书上签名盖章后呈递何应钦。何应钦检视后在日本投降书上签名盖章。接着，何应钦又将中国战区最高统帅蒋介石的第一号命令及命令受领证交给冈村宁次。冈村宁次在受领证上签名盖章后呈递何应钦，而后交出了他随身佩带的战刀，以示日军正式向中国缴械投降。

9点15分，何应钦在大礼堂发表简短广播演讲：

敬告全国同胞及全世界人士，中国战区日本投降签字仪式已于9日上午9时在南京顺利完成。这是中国历史上最有意义的一个日子，这是八年抗战艰苦奋斗的结果，东亚及全世界人类和平与繁荣从此开一新的纪元！

至此，中国抗日战争宣告结束。

九

从公元663年到1945年，中日双方进行过六次战争。

第一次中日战争，即唐朝与日本的白江口之战，时间是公元663年。此战以日本失败而告终。战后结果是，日本向唐朝致敬，并从此开启了中日两国文化交流的蜜月期，直至公元894年。

第二次中日战争，即元朝入侵日本之战，时间是1274年。此战以元朝第一次东征日本失败而告终。战后结果是，蒙古人从此结束了战无不胜的神话。

第三次中日战争，即元朝第二次入侵日本之战，时间是1281年。此战以元朝第二次东征日本失败而告终。战后结果是，元朝迅速衰落，而游离于中华帝国秩序之外的日本，则变成了中国真正的心腹大患。

第四次中日战争，即明朝出兵援助朝鲜之战，时间是公元1592年和1597年。此战以日本失败而告终。战后结果是，日本再次向中国示好，直至明治维新。

第五次中日战争，即中日甲午之战，时间是公元1894年。此战以清朝惨败而告终。战后结果是，清政府与日本签订了《马关条约》，承认割让辽东半岛、台湾及其附属岛屿和澎湖列岛，赔偿军费白银两亿两，并允许日本在中国开设工厂，开辟沙市、重庆、苏州、杭州等地为商埠，客观上为日本下一步发动侵华战争奠定了物质基础。

第六次中日战争，即中国抗日之战，时间是1937年至1945年。

此战以日本惨败而告终。战后结果是，日本死而后生，大力改革国家制度、扶植产业、发展教育，在美国的帮助下大踏步地开始国家复兴，最终成为世界第二经济强国。

六次中日之战，前后打了一千二百八十二年。结果是，日本胜三次，中国胜三次，三比三，双方打了个平手。六次战争中，中国败得最惨的是第五次——甲午战争。

抗日战争是自1895年日本打败大清国后五十年来中国人第一次打败日本人！当然，必须说明的是，这次来之不易的胜利，是在美国人和苏联人的援助下取得的。假如没有美国人和苏联人的出手帮助，谁能预测，此次中日之战，还会打上多少年，最终胜负又是谁？

十

1949年9月30日，中国人民政治协商会议在北京举行。会上，当《义勇军进行曲》被确定为国歌时，有人建议把歌词的内容做些改动。毛泽东吸了一口香烟，而后用拖长了的湖南腔调说道：

“我看就不用改了吧，中华民族依然处在最危险的时候！”

1972年，中日邦交关系重新建立。在欢迎日本田中首相到来的阅兵仪式上，中国乐队在五星红旗下奏响的，仍是《义勇军进行曲》。

今天，打开网络，《义勇军进行曲》随处可见，满屏皆是。其歌词依然还是：

起来！

不愿做奴隶的人们！

把我们的血肉，

筑成我们新的长城；

中华民族到了

最危险的时候，

每个人被迫着

发出最后的吼声。

…………

是的，抗日战争已经过去了整整七十年。日寇的铁蹄早就踏尘远去，战争的烟云也已随风飘散，魔鬼终归回到了属于魔鬼的地方。在历史的荒原上，留给我们的，只有马刀、弹片、白骨、忠魂以及那历历在目、恍若昨日的累累伤痕和挥之不去、绵绵不尽的惊恐记忆。

然而今天，当我们依然昂首挺胸、字正腔圆地高唱着《义勇军进行曲》时，有谁敢拍着胸脯说中华民族绝不会再到“最危险的时候”？

纵观古今中外的历史，悲剧之所以总是重复上演，一个重要的教训就是，在歌舞升平、纸醉金迷的年代，人们眼里往往只有鲜花白鸽、银元黄金，而看不见灯红酒绿背后潜藏着的内在的危机和战争的阴影！

一位获得诺贝尔文学奖的诗人曾经说过，忘记了大屠杀，就等于第二次屠杀！

那么，我们忘记了七十年前那场战争呢？是不是也等于第二次战争？

我们当然不会忘记。

但是，我们记住那场战争，并非为了报复那场战争，而是为了反省那场战争，避免那场战争，直至忘记那场战争。而一切以“爱国”的名义煽动的民族情绪，点燃的民族怒火，以及种种人造的矛盾与冲突，不仅是短见的、幼稚的，也是愚蠢的。

因为人类所有的记住，都是为了所有的忘记。这个世界最终不仅要忘记政党、忘记民族、忘记国家，还要忘记恩怨、忘记杀戮、忘记仇恨！

忘记，是一种结果，更是一种智慧。

2015 年 8 月 1 日匆匆写于北京

下 篇

文 论

鲁迅：人格的大旗

在我的文学路上，对我影响最大、最深的中国文学家有两位，一位是屈原，另一位便是鲁迅。

我十三岁读屈原，十四岁读鲁迅。初读鲁迅时，读到的只是先生笔下的一堆文字。后来，开始读到了先生笔下“人世间的悲凉”的意味；再后来，便读到了先生笔下大写的思想、大写的灵魂和大写的人格。

于是，在我的青少年时期，先生如同一尊“文学之神”，在我的心灵深处占据了至高无上的地位。我做梦也没想到，时隔三十年后的今天——先生诞辰一百二十周年之际，我竟能站在先生的故土上，有幸领受以先生名字命名的“鲁迅文学奖”，这不能不让我感到莫大的荣幸！

在我看来，先生的一生，既是孤独的一生，忧愤的一生，也是呐喊的一生，搏杀的一生。先生的生命，天生就是属于思想的，因而注定一生都是痛苦的。尽管在“吃人”的世界和“血淋淋”的人生的包裹中，先生也曾有过“彷徨”；然而面对愚昧与专制的风刀霜剑，先生挥笔当矛，举笔作旗，从未有过丝毫的屈服与半步的停顿，始终是一个“横站”着的士兵！在寒冷的漫漫长夜中，在诽谤与恐吓的威逼下，先生一直以独立的姿势冷视着，书写着；同时也抵抗着，守望着，用孤傲的生命为自己筑起一座精神的孤岛，用坚挺的汉字为后人竖起一面人格的大旗！

虽然，先生早已魂归故土，可先生用心血写就的文字，却永远活在岁月的土壤里，活在时间的空气里，活在我们的心灵里。先生的作品，经百年风雨剥蚀，穿越历史隧道，非但没有被岁月的风尘淹没，也未被权力的魔掌遮蔽，反而如同绍兴的老酒，随着时间的推移，愈加浓烈醇厚，芳香四溢！这一近似悲壮的事实，除了证明人间良知的伟大，更验证了先生人格的不朽。而今天，我辈需从先生那里秉承的，不正是这不朽的人格吗？

是的，有的人虽然谢世多年，作品却一直活着；有的人每天都在上蹿下跳，咋咋呼呼，作品却早已死去。先生无疑属于前者，属于那种真正配称“作家”的人。因为，在先生作品的背后，始终站着一座人格的大山！而面对这座“大山”，我常常想到的一个问题是：一个作家的作品，究竟取决于什么？

在我看来，作家其实就是一个制造“精神钙片”的个体户。人格既是作家的根基，也是作品的前提；人格不仅应渗透于作家的作品，更该支撑着作家的整个生命；人格既是作家独立写作的必需，也是作家独立审美的前提。有了人格的力量，在当今这个物欲横流、乱象丛生的社会里，便不会趋炎附势，卑躬屈膝，蝇营狗苟，阿谀奉承，更不会乘人之危，落井下石，尔虞我诈，出卖灵魂。如果说，作家与作家也存在着竞争，作品与作品也存在着较量，那么作家与作家的竞争，只能是人格的竞争；作品与作品的最后较量，只能是人格的较量。

一句话，人格即作品。人格是作家必备的素质。

我能有幸两次获得鲁迅文学奖，自然十分高兴。但说实话，面对先生，面对读者，面对我身处的这个时代，面对当下中国的现实，我却忐忑不安，脸红羞愧。身为一个以写作为生的人，我非常清楚，生活才是大师，历史才是大师，在这两位大师面前，我的作品充其量不过是一份应该完成的“作业”而已；我所获得的这份荣誉，与先生的名字远不相配！

好在我愿以先生为楷模，在今后写作的路上，在变幻莫测、浩荡无边的世事中，坚守一个作家独立的立场、情操与人格，不断提升自己的洞察力、思考力和批判力；同时我也希望能像先生那样，窃天火，煮己肉，照人间，“寄意寒星荃不察，我以我血荐轩辕”。唯其如此，方能告慰先生的在天之灵。

2001 年 9 月 25 日

（本文为在第二届鲁迅文学奖颁奖会上代表获奖作家的发言）

贵在真实，真在本质

——读张锲中篇小说《我的第一个团小组长》

把假的写得像真的一样，是作家的一种本事；把真的写得像真的一样，也是作家的一种本事。

张锲先生发表在2006年《北京文学》第7期的中篇小说《我的第一个团小组长》，属后者。

把真的写得像真的一样，看似简单，实则不易。这里所谓的“真”，并非单指生活的真，还有认识的真，情感的真，艺术的真，真理的真。有的作品，原本是生活中一个真实的好故事，写成小说后却像假的一样，甚至比假的还假。这除作家的表达功底不足外，主要是认识、把握生活的能力不行。

张锲先生是写报告文学的前辈，近期却连续发表了两部中篇小说（另一部《气球》发表在《小说界》）。年过七旬，尚有如此审视自己的苛刻态度和反省历史的负责精神，难能可贵，令人钦佩！

《我的第一个团小组长》是一部纪实性很强的小说，或者说是在作家真实的生活基础上写就的一部小说。倘若不标明是小说，而当作纪实文学作品来读，我想亦是可以并很有意思的。

在文学家族中，纪实性小说不乏其例。但有的读完了，就完了；有的读完后，却还能让人爱不释卷，品味再三。二者的区别在于，前者记述的往往只是一个历史故事，后者表达的则是生活的本质，艺术的真实。

《我的第一个团小组长》，便是如此。

《我的第一个团小组长》不是生活的简单写实，作家要表达的，是一种真正意义上的真实。这种真实，并非是历史故事的真实，而是生活本质的真实，艺术作品的真实，是作家从几十年生命历程中积淀下来的情感的真实；同时也是作家真实的人生的经验、含泪的感悟，甚至带血的教训！它犹如一坛老酒，酝酿愈久，香味愈足，读后能直戳人心，令人思之久久。

正因此，这种真实在我看来，较之这个“主义”那个“主义”，以及各种五花八门的所谓写作手法等，更为重要。

中国四九年后的历史，令人反思的东西太多太多。面对历史，有一个问题是我们无法逃避的，这就是，我们到底应该抛弃什么？留下什么？哪些东西是我们应该像扔垃圾样扔掉的？哪些东西是我们应该留下且值得反复咀嚼的？就像我在张锲先生的小说里品味到的那样：历史终归会过去，生活却不会中断，人生还在延续，你我他，依然人在旅途，遥遥无期。尽管谁也不清楚生命的终点是忧是喜，是祸是福，但历史却需要我们深刻反省，反复咀嚼。

于是我想，倘若今天的年轻人能细细咀嚼一下张锲先生的这部小说，至少会领悟到一些人生的真谛，感受到一点属于那个年代的原汁原味的爱情，以及这种爱情的纯真与神圣。

此外，张锲先生的这部作品，还给了我们这样一个启示：小说其实还有另一条路可走，那就是纪实与虚构的完美结合；倘若二者结合得好，前景说不定也是很有看头的。

当然，就一部高标准的小说而言，张锲先生的《我的第一个团小组长》并非无懈可击。张锲先生长期从事纪实性作品的写作和研究，作品严谨的纪实性既是特点，又可能是短板。《我的第一个团小组长》倘若文学再文学一点，小说再小说一点，故事再故事一点，爱情再爱情一点，某些过程的交代再省略一点，思想的锋芒再犀利一点，作品或许会更上一层。

张锲先生告诉我说，他准备写十部系列爱情小说。

我有理由期待，张锲先生的爱情系列小说，会越写越精彩。

2006年8月6日匆笔

对批评的批评

——由朱向前的批评所想到的

一个多年来忙于埋头创作的人，今日何以站出来奢谈批评？

原因很多，直接的起因是近期读到了朱向前的一篇两万字的长文：《是大作，但不是精品——三谈〈北方城郭〉及其他》（见《当代》1999 年 2 期）。在我看来，这既是朱向前的又一代表作，也是值得文学界关注的一篇力作。

既擅长对文学思潮宏观把握、高度概括，又善于对具体作品和作家进行穿透性、技术性分析；既能指明作品存在的具体问题，又能提出建设性的修改意见；既有自己独到的批评见解，又有自己恪守的艺术立场。这大概是朱向前批评的主要特点。

朱向前对作品从不轻易下手，一旦下手，便出手不凡，让读者注目，令作者折服；朱向前对文坛更不随便发言，一旦发言，那声音肯定有些异样，且必属自己；尤其是他那认真、执着，甚至一意孤行的批评态度，有时还多少有点不合时宜。例如，他写于 1993 年的长达四万多字的评论——《新军旅作家“三剑客”》。据我所知，此文的背后是他对莫言、周涛、朱苏进三位作家及其作品将近十年的跟踪、阅读和研究。

为写一篇几万字的批评文章，肯付出如此大的力气，中国批评界，能有几人？

这篇文章的学术价值和对中国当代军事文学的贡献，我在此姑且不谈，相信历史自有公论。我要说的是，如此认真、执着、严肃而又甘于寂寞、甘于清苦、甘于付出的批评品格和批评态度，实在难能可贵。而且，作为一位最早极力“鼓吹”莫言作品的批评家，他在此文中对莫言《红高粱》之后、九三年之前的作品，又提出了无情的、尖锐的，甚至几乎是否定性的批评！其批评是否完全正确，另当别论；但他在文中所表现出来的真诚的胸襟、直言的品格、以理服人的批评姿态和认理不认人的学术立场，却值得称道。因为当年对尚未成名的莫言率先不遗余力地给予肯定，需要超前的见识和无私的勇气；后来对成大名后的莫言提出尖锐的批评，更需要过人的气魄与卓越的水平。

现在，朱向前的《是大作，但不是精品》又摆在了我们的面前。读罢此文，让我再一次领略到了朱向前惯有的批评品格和那天生的不可更改的倔强与坚韧。朱向前一而再再而三地站出来为其作品说话甚至呼吁辩论，与他当年反复“鼓吹”莫言的情景几乎如出一辙。《北方城郭》长达五十六万字，朱向前在一年内先后写了三篇文章。我敢断定，他至少阅读了两遍甚至三遍作品。也就是说，为写这篇两万字的文章，仅看稿量便达到了一百一十二万字，甚至一百六十八万字！

这还不重要。重要的是他的批评严肃、严谨、认真而又深刻，手中的笔如同一把犀利而又智慧的手术刀，对其文其人进行了一次彻头彻尾的“大手术”；对作品的研究与分析，几乎渗进了作品的心脏与骨髓，让人感到一种“精神斗士”的气魄！

而且，他对作品缺陷的批评，具体而实际，直戳要害，不留情面，甚至还有几分残酷！这也是多年来批评界少见的。若是批评家本人没有足够的创作功底和舍得在批评上下大功夫，是不可能写出这些文章的。而之所以如此，我想无非是他想坚守自己的观点，确认作品的价值，捍卫一个批评家的艺术立场和艺术良知罢了。

当然，此文也并非无懈可击。比如，对作者柳建伟的语言的批评，我以为，多少有些言重了，有仅从个人语言审美标准出发、忽视作家和作品个性之嫌；文中有的背景的交代和过渡性的文字，似乎也可有可无；结尾一段，虽用心良苦，却与整体宏阔大气的文风，多少有点不协调。此外，朱向前一贯追求和倡导的“诗意的升华和美的光照”，是否就一定是所有大作唯一的最高评判标准，也值得商榷。尤其是文中有的近似残酷的批评意见，也许作家本人很难接受，或者不会接受。但是，由于朱向前的批评是真诚的、坦然的、开放的，是建立在学术范畴并始终以客观、公正、说理为批评的最高准则的，所以即使作者不接受，我想也不至于恼羞成怒。至于朱向前对作品的评价，是高是低？是对是错？我不妄下断论，也不在本文讨论之列。在此我只赞赏和强调的是，一个批评家的批评精神、批评品格和批评态度。

而由此让我想到的一个问题是，在这批评之风有些浑浊、有些混乱的年代，批评家和作家究竟应该具备什么样的素质、什么样的境界、什么样的风范？批评家到底该如何面对作家，作家又该如何面对批评家？作家与批评家之间到底应该建立一个什么样的良性的对话循环系统，从而为中国的文学繁荣营造一个正常的学术氛围？

最后，我还想说的一点是，在这批评的多事之秋，我斗胆出来“批评”批评，实在冒昧，也不自量力，只能对评论界的朋友们说上一声，对不起了！

1999 年 5 月 18 日

编辑是门艺术活儿

人类文明的历史，始于文字。

于是我们说，书是人类文化历史的载体；而编辑，则是书的直接谋划者、操控者和生产者，同时也是一个创造者。

如果我们把作者比作是作品的父母，编辑或许可称为作品的教母。一部文化史或者文学史，固然离不开众多的作家、专家、学者、智者，然而倘若缺席了无数默默耕耘的编辑，肯定是不完美的。

因此，一个真正优秀的编辑，其实就是一个特殊的文化使者，直接担负着发现、开启、呵护、传承人类优秀文化的神圣使命，在文化史上理当享有不可替代的地位。

那么，怎样才称得上一个真正优秀的编辑呢？

我以为，一个真正优秀的编辑，应该是一个高素质的文化人。一是高素质，二是文化人，二者兼而有之，缺一不可。人的素质，是做事的基础和先决条件。编辑工作亦然。这里讲的素质，是指一个人与生俱来的那种素质，带有某种天性的意思，如爱心、人格、胸襟、眼光、使命感、责任心和奉献精神。缺乏爱心的人做不好编辑；人格低下的人做不好编辑；胸襟狭窄的人做不好编辑；眼光短浅的人做不好编辑；没有使命感、责任心和奉献精神的人，同样做不好编辑。而只有那些品格高尚、胸怀宽广、眼光独特、心怀敬畏同时又具有强烈使命感、责任心和甘愿奉献的人，才能做好编辑。当然，文化人未必就是高素质，有高素质的人也未必都是文化人。我这里讲的文化人，有别于一般意义上的文化人。从事文化工作的人，并非都是文化人。如一个工人或者一个农民，有一天当了兵，后来又进了某个文化部门，做起了所谓的文化工作。这样的人不一定就是文化人。而只有那些首先实现了由工人或农民到军人的转变，而后再实现了由军人到文化人的转变，同时真正懂得文化价值并真正具有独立文化品格的人，才称得上真正的文化人。

一个真正优秀的编辑，应该对时代负责，对世界负责，对历史负责，对儿孙负责，同时也要对自己的艺术良知负责；应当把责任二字融进自己的生命里，渗透到自己所编辑的作品里。如果不把编辑看作一种神圣的事业，而仅当作一种谋生的手段，为奖金而编辑，为职称而编辑，为阿谀奉承而编辑，为歌功颂德而编辑，为哥们义气而编辑，为蝇头小利而编辑，为投其所好而编辑，甚至为编辑而编辑！这样的编辑，至多是个编辑匠。而只有那些具有高素质同时又有强烈责任感的人，才能当好编辑，也才配称编辑。我这里讲的责任，不是一个空洞的政治概念，而是一种生命与道义的自然流露，一种对事业自觉的忠诚态度，有其实实在在的内容。

一个真正优秀的编辑，应该是一个独立的思想家。借助别人的土地，播种自己的庄稼，此乃编辑的一大特征。一个好选题的诞生，一本好图书的问世，一部好作品的传播，不光要付出编辑的劳动和心血，更要渗透编辑独特的思想。由于工作性质所定，编辑虽然终生都在为他人做嫁妆，为他人默默输送自己的精血，但书前书后、书里书外，每章每节、字里行间，都应该体现出编辑的思想。当然，编辑的这种思想，代表的不仅是编辑个人，而是一个时代以及这个时代的人们的某种理想与诉求，某种兴趣与希望。一个真正优秀的编辑，应该是一个独立的思想家，至少应该是一个勤于思想并拥有属于自己思想的人。一个编辑只有拥有了自己的思想，心中才会拥有一把价值判断的尺子，才可能为历史和后人留下真正有价值的东西——或是一个杰出的人物，或是一个奇特的故事，或是一段真实的历史，或是一段凄美的爱情，进而才有可能成为伟大作品的催生婆。当年编辑鲁迅先生《阿Q正传》的孙伏园先生，便是一个典型的例子。正因为孙伏园先生有了自己独立的思想，有了自己对阿Q特殊的情感——据说这种情感一度还超过了鲁迅先生本人，故而才有了《阿Q正传》的顺产。反之，倘若孙伏园先生没有一个编辑家的思想，没有一个编辑家的智慧与胆识，就没有资格与鲁迅先生共谋，就不可能参与作家鲁迅的创作，那么阿Q这位世界级的经典人物也就不可能顺利问世并一直存活至今。巴金和丁玲也是如此，若是没有当年《小说月报》的主编叶圣陶老先生深思熟虑后的力荐，二位的第一部小说也许同样不会顺利诞生，甚至还有夭折的可能。因此，编辑什么不编辑什么，实际上是编辑的一种思想的表达，一种愿望的传递，一种情感的寄托，一种使命的驱使。从这个意义上说，编辑是一门思想的艺术。

一个真正优秀的编辑，应该是学者、作者、智者的完美结合体。一部作品，承载着人类的思想、知识、经验、学问；一本图书，可能涉及政治、经济、历史、地理、军事、科技等诸多学科。作为编辑，学识便至关重要。一个优秀的编辑，首先应该是一个学者——学富五车，诗书满腹，见多识广，学贯中西。否则，无力驾驭作品，无力识别、处理书中出现的各种复杂微妙的问题。优秀的编辑也应该是一个智者。编辑不是文字编辑机，不是发稿填写器，更不是痴呆傻瓜低能儿，而是具有高智商的专家，是知识文化的直接承担者和具体操作人。

因此，智慧对一个商业时代的编辑来说尤为重要，也很必要。一本书稿能否到手，是否成功，靠的是智取，而不是力胜。一个优秀的编辑还应该是一个作者，至少是曾经有过写作经历或懂得写作的人。因为只有亲口品尝过梨子，才知道梨子的滋味；只有亲身分娩过孩子，才知道分娩的艰难。能够写作和懂得写作的好处是，便于和作者沟通，便于和作品沟通。特别是属于创作方面的问题，有利于为作者出谋划策，进而参与作者的创作，从而获得共识，使作品更上一层。但编辑写作，不是目的，而是手段，通过这一手段，为的是更好地做好编辑。因此，如果一个编辑真正能将学者、作者、智者三者集为一身融为一体，那工作起来必然得心应手，挥洒自如。

一个真正优秀的编辑，应该是一个具有审美个性的艺术家。编辑是一门艺术，而不是技术；编辑是一种能动性的创造，而不是一种被动性的劳动；编辑是作品的再创造者，而不是作品的旁观者。一本书做得是好是差，完全取决于编辑的艺术水准。如果把一部优秀的作品比作是一位优秀的模特，那么编辑就是这位模特的设计师。用什么布料、什么色调、什么式样、什么风格、什么针线、什么纽扣、什么灯光、什么舞台，以及模特如何出场、怎样退场，等等等等，完全取决于设计师（编辑）的审美眼光、设计水平、鉴赏层次和实际艺术操作能力。因此从这个意义上说，优秀的编辑与作者一样，同为创造者——二度创造者；编辑的过程，既是作品的审读过程，也是作品的审美过程。

一个真正优秀的编辑，应该是一个多功能的社会活动家。社会的变化，带来知识结构的变化，作者队伍的变化，图书市场的变化，人们阅读需求的变化；同时也带来编辑与作者、编辑与读者、编辑与社会方方面面的人际关系以及编辑内涵与编辑外延的变化。一句换，从传统编辑到现代编辑的变化。现代编辑区别于传统编辑。现代编辑不光要做好案头工作，还要走出书斋，走出办公室，与社会接触，与世界接触，与各个部门接触，与各色各样的作者接触，与男男女女老老少少的读者接触。作品一旦问世，将涉及销路、利润、盈亏、媒体、关系、信息、评奖等一系列复杂的社会问题。这就需要编辑具有综合的素质，具有一个社会活动家的基本能力，从而完成一个传统编辑到现代编辑的角色转换，以适应新的时代的需要。

总之，一个真正的优秀的编辑，除了上述几点，还要懂得中国，深谙国情，具备清醒的政治头脑和较高的政策水平。否则，你不犯错，错也会找你。

当然，先进的科学的出版机制、实事求是的审稿制度以及良好的政治生态环境，是一个优秀的编辑生存发展的重要条件，更是人类优秀文化能够发扬光大、薪尽火传的重要保障。否则，如同火车少了铁轨，汽车缺了轱辘，一个再优秀的编辑，纵有雄才大略、满腹诗书，也是枉然！甚至你殚精竭虑，耗干心血，穷尽一生，也不过是在日复一日地生产印刷品，年复一年地制造文字垃圾而已！

2000 年 1 月 8 日

从天上到人间

作为一名军人，没有上过战场，如同一个船员没有下过大海。要说遗憾，这事儿恐怕得算。因为即便有一天第三次世界大战突然爆发，肯定也不会轮到我上了。

然而，汶川大地震说爆发就爆发了！于是我很想去灾区，就像一个战士渴望奔赴战场！家乡遭难，不去看看，良心上说不过去。

事情就这么简单。

可等我到了灾区一看，事情没有这么简单。

汶川大地震的死亡人数，尽管不及唐山大地震的一半，但“震波”却至少是唐山大地震的一百倍！在血迹斑斑的废墟上，我不仅看到了人性的复杂，也看到了人心的单纯；不仅看到了大难与大悲，也看到了大爱与大美；不仅看到了死亡与绝望，也看到了希望与新生。作为一个四川籍的作家，在家乡的废墟上，在尸体的气息中，在死亡的阴影里，亲历了人类历史上如此惊天动地的一场大劫难，不用文字留下点什么，好意思吗？

于是震惊变成了反省，悲痛变成了责任。

我决定写点什么。

写什么呢？

汶川大地震，事件之大，人物之多，问题之敏感，内容之复杂，实属罕见。中国的事，一夜间动静闹这么大，除了“文化大革命”，别的好像还没有过。

于是写什么，怎么写？成了一个问题。

过去二十年，我写的主要是高科技领域，尤其是航天领域。常常面对的是茫茫太空，浩瀚宇宙，千年历史，未来时空；笔下的人物几乎都是大科学家、大专家，不是在中外游走，便是在天地驰骋。而现在，要从天上到人间，从太空到废墟；加之出书在即，写作时间满打满算只有四个月。这对我无疑是一个很大的难题，也是一次很大的挑战。最后，思来想去，我决定将本书聚焦在人心上，聚焦在大地震对人心的重创上——不管是受灾人，还是救灾人。

接下来的问题是，如此一个庞大复杂的题材怎么写？我对我自己的写作理念早就不满，对当今纪实文学的写作理念同样不满，很想做一点探索、一点试验。于是写作此书时，便有了如下几点很不成熟的想法：

第一，我想逃避概念写作。

谁都知道，好作品是从生命的血液和生活的土壤里长出来的，而不是由概念生成的。但历史每天都在生产概念，人类每天都在复制概念；我们早已进入一个复制概念的时代。某个概念一旦产出，立即便被复制。开始是几个人，接着是一批人，随后便是整个社会。当一个个的概念被广泛复制、再广泛传播后，创意便被淹没了，真理便被阉割了，自我也就消失了。因此，自“五四”后近一个世纪来，中国大多数作家都在自觉或不自觉地进行着概念化的写作。小说如此，散文如此，报告文学如此，尤其所谓的“大题材”写作，更是如此。我在上世纪七八十年代写的东西全是概念化的产物，到了九十年代初或多或少也有，时至今日依然无法彻底挣脱。这是几十年来中国“左”的政治文化对作家们洗脑的结果，早已深入骨髓，难以克服。比如，一说写汶川大地震，大多数作家的脑子里立即就会蹦出“抗震救灾”这个概念。而概念化写作，是中国作家的天敌，更是报告文学作家的死穴。因此，为剔除概念化的写作，我想在本书中有意识地作点探讨。

第二，我想有点属于个人的思想。

优秀的作家首先是个思想家。思想的基点是对历史客观的审视与真诚的反省；思想的意义既属于个人，也属于人类。我不是优秀的作家，但写汶川大地震，我想坚守自己独立的人格、独立的立场、独立的调查、独立的思想。在这个信息、传媒高度发达的社会里，留给报告文学的空间已经不多了。如果说记者留下的是新闻——当然不只是新闻，作家留下的就是思想，哪怕这个思想尚不成熟。因为在我看来，报告文学能继续存活的唯一理由，就是思想。所以面对这场大劫难，我想用自己的脑袋思考点问题。

第三，我想尽量说点真话。

真实是报告文学的前提，也是报告文学的生命。但报告文学走到今天，如果还仅停留在“内容真实”这个最基本的层面上的话，恐怕很难满足读者的需求了。其实，真相比真实更重要。与其强调作品的真实，不如强调作品的真相；而无论是真实还是真相，均取决于作家自身是否虚假，是否敢讲真话。因此，作家的真实比作品的真实还重要。如果连作家自身都虚假了，在这个早已谎言为患的世界里，还需要报告文学吗？当然我也知道，说假话易，讲真话难。但面对汶川大地震，面对尸横遍野的灾区，面对被血水与泪水浸透的废墟，我必须尽量说点真话；即便有些真话不能说，但至少要做到不说假话。

第四，我想让报告文学的叙事有点变化。

近二十年来，小说的叙事发生了较大的变化，而绝大多数报告文学却依然板着一副老面孔。尤其一些写所谓“大题材”的报告文学，几十年来基本上都是官方视角，“主流”叙事。作家总是有模有样、捏腔拿调、卷着舌头说话。有的说的是大话、空话，甚至是假话，有的就像早市上二道贩子的大白菜，既没特色，又缺质感，还少了鲜活。因此写作本书时，我想有意识地避开官方视角，而用作家自己的视角和当事人的现场视角一起完成叙事，从而将传统的“主流”叙事转化为作家个性化的叙事，让作品尽可能呈现出一种客观的、立体的，同时又是透明的、可靠的叙事风格。

第五，我想在文本上作点探索。

报告文学不仅需要思想的革命，也需要文本的革命。随着影像时代的到来，传统文字在影像面前常常显得苍白无力，底气不足。比如，用文字描述一朵花怎样美丽、一个女子如何漂亮，码出一筐汉字，也不如放上一张照片来得真实可信。于是我想到了我手中的相机，想到了图文结合。但这些照片不是陪衬，不是配角，更不是装饰与点缀，而是让它渗进我的思考与创作之中，和文字水乳交融，共同担当叙事，从而成为文字不可替代的一部分，成为作品的另一种纪实，甚至成为作者陈述事实、揭示真相的客观证据。于是，我先拍下照片，再写出文字，让照片映照文字，文字融入照片。而不是先写出文字，再去搜罗照片，文字、照片两张皮，并在国内首次斗胆冠以“长篇摄影报告文学”之名，抛砖引玉，以求共识。

总之，“抗震救灾”以人为本，《震中在人心》则以心为本。除书中所写到的内容外，还有很多问题都是我关注和思考的，譬如：大地震令人心碎，但心碎之后如何重构精神的大厦、心灵的家园？大地震令人心痛，但心痛之后将会痛出一群什么样的国民？大地震震撼人心，但震撼之后又会震出一个什么样的中国？

至于我的这本小书，不过像地震后的一块碎片。倘若能给汶川大地震中遇难的近十万亡灵带去一份安慰，能给活着的人们带来真正意义上的反省，能为日后研究、考察、反思汶川大地震的政治家、社会学家、人类学家、地震学家以及文学评论家们留下一个“标本”，幸矣，足矣！

2008 年 12 月 6 日

良知，作家的饭碗

《震中在人心》能获得第五届鲁迅文学奖，我很欣慰。因为它让我想起汶川大地震，想起惊天动地、山崩地裂的那一幕，想起躺在废墟下的十万亡灵特别是其中两万多个花朵般的孩子和学生！正是他们，召唤着我三次冒险去了灾区；也正是他们，激励着我在四个月时间里拼命写完了这部二十五万字的《震中在人心》。因此，这个奖与其说是富有良知的评委和为本书投票的三万七千八百二十一位网友对我的一种肯定，不如说是对在汶川大地震中遇难的近十万同胞的深情告慰！

我以为，报告文学是最能体现作家人格与良知、风骨与气质的一种写作，最能体现现实主义与批判精神的一种写作，当然也是最具风险、备受争议的一种写作。在文学这个大家族中，几乎找不到任何一种文体能像报告文学这样最公开、最直接、最尖锐地面对社会的挑战和现实的挑战；同时也面对作家自身的挑战。它挑战的既是社会最敏感的神经、现实最残酷的矛盾、人性最隐秘的伤痕，也是作家的人格与道义、良知与底线！

2008年的“5·12”汶川大地震，震惊了中国，也震惊了世界。面对如此重大的突发事件，是迎上去，还是躲闪开，对我是一次极大的考验和挑战！但它考验和挑战的不是我的胆量，也不是我的才华，而是我的良知！

良知是什么？早在战国时期，思想家孟子就说了：“人之所不学而能者，其良能也；所不虑而知者，其良知也。”良知是一个人天生的判断是非善恶的本能。良知是一种天赋的道德。良知践行着一个人的道德底线，也衡量着一个人做人的尺度。女娲不忍生灵涂炭，炼石补天；后羿不忍众人罹难，拉弓射日；大禹不忍万民受苦，修道防洪。是一种悲悯苍生的情怀，一种至纯至善的大爱，一种与生俱来的良知。“长太息以掩涕兮，哀民生之多艰”，是贤者的良知；“男儿何不带吴钩，收取关山五十州”，是勇者的良知；“安能摧眉折腰事权贵，使我不得开心颜”，是侠者的良知；而心怀悲悯，不忘苍生，实事求是，秉笔直书，敢说真话，为民请命，则应是一个作家的良知。

因此，我以为，良知是一个作家存活的饭碗。良知是一个作家写作的底线。丢了这个饭碗，写作便毫无意义；越过这个底线，就不配称作家。

其实，我去灾区，想法非常简单：我是四川人，又是军人，还是作家，家乡有难，若是袖手旁观，避而远之，情何以堪？更何况，面对灾难，作家岂能缺席；面对死亡，文学岂能沉默！

于是，在良知的驱使下，我三次奔赴灾区。

在灾区走访的日子，是相当艰难的，也是非常危险的。每天在崎岖的山路上颠簸折腾，一天要跑好几百公里的路程，消耗大量体能、精力不说，吃、住、行都极其困难，有时一天就一瓶矿泉水，甚至半天也喝不上一口水。而且，每天余震不断，有时几分钟就是一次。有一次我正行进在大山之中，一块大约几十吨的巨石从山顶突然滚落下来，差一点就砸在了我乘坐的车上；还有一次，我在绵阳走访，堰塞湖危在旦夕，由于下着大雨，加上逃跑心切，我驾驶的一辆奔腾，竟撞在了路边的桥墩上；更为惊险的是，我进北川时，在位于成都西郊的凤凰山机场，差一点就登上了后来不幸遇难的邱光华驾驶的米—171运输直升机——瞬间决定的变更，让我与死神擦肩而过。

尤其值得一提的，是我第三次进灾区。为了深入了解灾区的一些真相，我住在了最偏远的红白镇。我在红白镇不是住在房子里，而是住在帐篷里。帐篷的温度中午高达四十二摄氏度，连体温计都能爆炸；晚上则常常是倾盆暴雨，被子衣服潮得一塌糊涂。更难忍受的是，帐篷里苍蝇、蚊子满天飞，我只能左手驱赶蚊虫，右手敲击电脑。而且每晚睡到半夜，还要爬起来四处观察，看是否会遭到山洪的突然袭击。由于走访繁重，无法入眠，后来我竟病倒在帐篷里，打了一个星期的吊针。这是我从军三十五年来最苦的日子。有一天，我实在扛不住了，竟有了当逃兵的念头。但一想起几百万逃难的受灾群众，想起数以万计被毁灭的生命和上万个原本不该遇难的学生，我最终还是选择了留下。

在灾区三次走访中，我耗时近两月，行程一万多公里，走访了数百名军人、医生、教师、护士、镇长、村长、受灾群众，录下二百五十多个小时的录音，记下四十多万字的笔记，拍下了九千余张照片，经历了十多次山洪暴发和上百次大小余震，还掉了十多斤肉！

然而，一旦真正进入写作，如同面对一份从未见过的国际考卷，对我又是一次极大的考验和挑战——写什么？怎么写？这看似一个纯粹的写作问题，其实仍是一个良知问题。

良知告诫我，对汶川大地震的写作，必须是一次纯粹的写作；必须以诚实的态度面对十三万平方公里的废墟、五百万苦难的苍生、近十万个被毁灭的生命；必须揭示灾难的真相和受灾群众的精神创伤；必须表达他们的哭声与泪水、诉求与愿望！而不能回避，不能粉饰，更不能把鲜血变成美酒，把悲剧变成喜剧，把灾区变成秀场，把死尸变成活人！

这是身为一个作家最起码的良知。否则，将愧对废墟下的近十万亡灵，也愧对全国数十万救援大军！尽管曾经埋葬了近十万生灵的汶川大地震是我们民族的一次巨大伤痛，但伤痛之后，到底能痛出一个什么样的中国，痛出一批什么样的国民，我并不能肯定。我能肯定的是，这场灾难确实给历史、给后人、给文学留下了太多太多的血淋淋的记忆，需要更多的作家以及政治家、社会学家、历史学家、地震学家去思考，去书写；而我的《震中在人心》，充其量是对汶川大地震和现实社会的一次即兴"发言"而已。

记得诺贝尔文学奖得主、秘鲁作家巴尔加斯·略萨说过："文学，首先是对社会的发言。"我对这句话非常赞同。赞同的最大理由，就是他强调了"首先"二字。那么，面对复杂多变、悬念迭起的中国社会，被称为"作家"的作家们，到底是"首先""发言"再"唯美"呢，还是"首先""唯美"再"发言"呢？

当然了，我必须承认，在伟大的历史和残酷的现实面前，文学的力量是微不足道的，甚至是无可奈何的；任何作家也都不过是个小学生，永远不可能扭转乾坤。诚如奥地利小说家斯蒂芬·茨威格所言："历史才是真正的诗人和戏剧家，任何一个作家都甭想去超过它。"尤其是在这个假话流行的世界上，一个作家真要对社会讲点真话"发"点真"言"，还真不容易。

但有一点，我想我们是应该做到的，也是可以做到的，那就是：在任何生态环境下，坚守一个作家起码的良知，坚守一个作家写作的底线。因为在我看来，作家降临这个世界，就是来经受苦难风雨的，就是来忍受孤独寂寞的，就是来探究真相说出真话的，就是来承受属于知识分子的那份担当的。这是作家的使命，也是作家的宿命。就像医生，职责就是看病、治病。否则，还要作家干什么？

最后，我还想说的是，以鲁迅命名的“鲁迅文学奖”，体现的应该是鲁迅精神。鲁迅精神是什么？是“横眉冷对”，而不是卑躬屈膝；是“俯首甘为”，而不是俯首帖耳。当今中国，不缺天才，缺的是良知；不缺奴才，缺的是人才；不缺作家，缺的是思想家——像鲁迅那样极富战斗精神的思想家！

因此，我期望“鲁迅文学奖”能激励更多的作家，尤其是“80后”“90后”的青年作家，像鲁迅那样，拿起笔来，挺直脊梁，直面社会，直面人世，写出真正配称鲁迅精神和鲁迅风骨的好作品！

2010年10月25日

（此文为第五届鲁迅文学奖的获奖感言）

文化是一种基因，也是一种能量

什么是文化?

古今中外，其定义大概有两百多种，但似乎没有一种能一统天下。

按中国教科书的定义，文化是指一个国家或民族的历史、地理、风土人情、传统习俗、生活方式、文学艺术、行为规范、思维方式、价值观念等。而我个人更愿意接受梁启超先生在 1922 年谈到的一个观点，他说："文化者，人类心能所开释出来之有价值的共业也。"梁先生进而还打了一个比方：就像一个老宜兴茶壶，多泡一次茶，那壶的内容便生一次变化。第二次再泡新茶，前次渍下的茶精便起一番作用，能令茶味更好。茶之随泡随倒随洗，便是活动的起灭，渍下的茶精便是业。茶精日渍日多，永远不会消失，除非将壶打碎，这叫作业力不灭的公例。这种不灭的业力里头，有一部分我们就叫它"文化"。而梁漱溟先生对文化的定义则是："文化，就是吾人生活所依靠之一切。"与此同时，西方也有学者持相同观点："文化就是生活中数不清的各个方面。"

的确，文化是一个民族流淌的血脉，诗化的基因。文化之于我们，如同山川河流、森林土地，好比云雾雨露、阳光空气，须臾不可或缺。我们从出生那一刻起，便开始张嘴吸吮文化奶汁的滋养，从此便活在了文化的家园中。

那么当今中国，需要什么样的文化呢？

我以为，至少有两种文化不可或缺：一是公民文化，一是精英文化。

公民文化并非大众文化，也不等同于国民文化。公民文化是文化的另一特殊形态。它最早源自于古希腊思想家，所体现的是公民所具有的公共精神和美德。在中国文化语境中，公民文化与国民文化有相似之处，却又超越了国民文化，用美国学者阿尔蒙德的话来说："公民文化是一种忠诚的参与者文化。"这"参与者"三字，我以为非常宝贵，也非常重要！尤其当下，公民文化重在参与——参与社会，参与改革！而这改革既包括经济改革，也包括政治改革。否则，谈何"忠诚"，谈何"参与"！

因此，在"大众文化"泛滥成灾的今天，彰显公民文化，推崇公民文化，对提升国民的文化素质，拓展民族文化的外延与内涵，很有必要，也很有意义。

而精英文化则是知识分子的文化。中国自进入现代社会以来，有过以文化精英为主导的精英文化，也有过以政治精英为主导的精英文化，还有过以经济精英和科学精英为主导的精英文化。但历史证明，无论哪种文化，精英分子都不容小视。尤其是文化精英，如同山峰上的青松、金属中的黄金，对一个民族的影响深远且巨大。英国人早就说过："一个莎士比亚的价值，足以胜过一千万个国民！"为什么？因为莎士比亚手中紧紧握着的，是一盏能点亮希望、温暖人心的文化之灯。

真正的作家，无疑是文化精英中的一分子，其文化当然也是精英文化。

但什么是作家文化，具体又体现在哪里呢？

在我看来，作家的作品，就是作家的文化；作家的作品，就是作家一张形象化的文化名片。因此，一个作家如何打造好自己的这张文化“名片”，是问题的关键。

而精英文化，最本质、最核心的东西，就是独立：独立的审美趣味、独立的价值判断、独立的文化品德、独立的人格立场。唯其独立，方显示其价值。

历史证明，一个国家可以被打垮，甚至被摧毁，但文化尤其精英文化，却难以消灭。当年八国联军和日本打进中国，摧毁了我们无以计数的物资和千千万万的生命，但我们的文化尤其精英文化，却坚如磐石屹立不倒，顽强地存活了下来。

这便是文化的力量所在，也是文化的魅力所在。

从这个意义上说，文化不仅是一种基因，也是一种能量，而且是一种无限巨大的有着决定意义的能量。一个民族只要文化不灭，希望就在。

所以，用文化的力量去鞭挞假丑恶，颂扬真善美，从而推动历史的进步，提升民族的素质，建设一个文化强国，作家及所有知识分子责无旁贷。

2011年11月4日匆笔

撕掉遮蔽历史真相的那块破布

——评电影《王的盛宴》

看电影《王的盛宴》，直接的感受是，陆川是个有思想、有抱负、有情怀、有野心的新锐导演；《王的盛宴》是一部有个性追求、有艺术品位、有思想锋芒、有叙事张力、有视觉震撼、有现实意义的电影。这部电影从每个镜头到每句台词，都充满了陆川作为一个新锐导演的个性追求，同时也体现了以陆川为首的一个年轻电影团队的梦想与野心。而用陆川自己的话说："这是一部充满诚意的电影，这是一部良心之作。"

《王的盛宴》有很多的看点。在我看来，最值得看的看点，是电影将镜头对准统治者刘邦的灵魂，试图通过统治者刘邦的灵魂来诉说历史的真相，而不是用一个通俗的故事去演绎统治者刘邦的灵魂。这么干，无疑增加了电影叙事的难度，且有很大的风险，但却摆脱了传统古典剧打斗戏说的低俗套路，让《王的盛宴》比同类电影更为高级，因而也就奠定了这部电影的思想品位与文化品位。在中国大陆，能拍电影的导演有很多，但能拍出有思想品位与文化品位的电影的导演太少。

其次，是《王的盛宴》所要表达的历史观。不言而喻，任何历史都是当代史，极言之，任何历史都是个人史。即是说，谁写的历史，就是谁的历史；谁有权写历史，谁就有权主宰历史。于是历史常常带有极强的遮蔽性；尤其是在一个不正常的社会里，其遮蔽性尤为严重甚至相当残酷，且绵延不断无人改变。而陆川试图通过电影《王的盛宴》告诉人们：什么是历史？历史即权力。历史就是统治者紧锁在皇宫的密码。历史就是统治者深藏在袖口的利剑。后人对待历史的态度，不应是卑微地接受，而该是大胆地质疑！因此陆川和他的团队拍《王的盛宴》，在我看来其实就是想干一件事情：撕掉遮蔽历史真相的那块破布，还原隐藏在历史黑暗深处的真相——陆川和他的团队偷偷看到的那点真相。

的确，《王的盛宴》其实就是人吃人的盛宴。别的这个宴那个宴早就草草散伙，灰飞烟灭，唯独王的盛宴从古至今越办越火，经久不散；且赴宴者总是前仆后继，趋之若鹜。但前仆后继、趋之若鹜的赴宴者们似乎总是忘了，今天的吃客，明天可能就是被吃者；今天是王的盛宴，明天可能就是“最后的晚餐”。

当然，作为一部带有探索和创新意义的电影，《王的盛宴》也无可避免地给我们留下了某些遗憾。比如，导演主观意识过浓，有理性压倒感性、思想大于艺术之嫌；历史跨度太长，故事枝蔓略多，时空交错过密，对多数看客而言，可能会带来审美疲劳；尤其是刘邦与韩信这条线，在我看来理应成为电影的主线，且最有价值也最令人玩味，却因两个小时的电影承载了太长太长的历史和太重太重的主题，只能被迫缩短，使刘邦与韩信间应有的矛盾冲突无法用扣人心弦的故事情节与震撼人心的独特细节得以充分展现。于是我们看到的是，刘邦、韩信多有振聋发聩的内心独白，却少了心惊肉跳的“戏”的表演。

然而，尽管如此，《王的盛宴》在国产片中依然是上乘之作；《王的盛宴》能与观众见面，已是大幸。历史要感谢的，不仅是陆川和他的团队，还有这个时代。只是，《王的盛宴》属于精英，不伺候大众。

最后还想说的是，陆川的电影，局部都相当精彩令人惊叹；甚至不少单场的戏，堪称经典。但通观全剧，总觉有些遗憾。《南京！南京!》如此，《王的盛宴》亦然。何以如此？其中有陆川自己的电影理念问题，有陆川蓄意选择的叙述策略问题，有陆川一贯坚持的创新思维问题……但在我看来，最根本的还是剧本的成熟度问题。具体点说，是如何超越历史（生活）的真实，重新创建一个只属于电影的故事，而后怎么讲好这个电影的故事的问题。这个问题看似简单、平常，但我认为最复杂、最深奥；不仅困扰着中国的电影导演，也困扰着世界的电影大师。

令人欣慰的是，陆川对电影一直有一个难能可贵的态度：既真诚执着，又勇于担当。这一点对于中国电影来说非常重要；对于中国电影导演而言，也弥足珍贵。何况，陆川的电影之路还很长。因此对于刚进不惑之年的陆川来说，如何进一步做到举重若轻、删繁就简、思行合一、理性与感性的完美融合，真正创造出既属于自己、又属于电影、还属于大众的电影故事，可能是目前横在脚下的一道坎。而这道坎不仅于陆川，于所有的中国电影导演恐怕都是终生的挑战，只是挑战的程度不同而已。我希望并相信陆川能迈过这道坎。

但愿，下次陆川奉献的，不再是寒冬里的《王的盛宴》，而是春光下的大众美餐!

2012 年 12 月 3 日

让作家有尊严地写作

先说一个小故事。

十五年前，有一位七十多岁的老作家，有一天抱着一摞厚厚的材料，气喘吁吁地找到我，向我倾诉他被侵权的遭遇。

老作家说，他用十年的心血完成的一部作品，刚出版没几天，就被好几家网站偷偷挂到了网上，让他感到不可思议。他认为他的作品是受国家法律法规保护的，网络公司怎么连个招呼都不打，想用就用呢？于是就想讨个说法，也仅仅是想讨个说法而已。刚开始，老作家到处给网站打电话询问此事，但对方根本不予理睬；后来他就抱着自己的作品，每天去挤公交车，上门找网站说理，结果还是处处碰壁。有一次，他好不容易找到一家网站，不料对方完全摆出一副理直气壮、爱理不理的样子；甚至还说，你要告就去告，随你的便！老作家气得浑身发抖，当即决定，控告这家网站！

为了打赢这场官司，老作家又是学电脑，又是学法律；又是找律师，又是取证据，前后整整折腾了两年。但终因取证困难，加之当时网络法规混乱，不但官司没有打赢，反而又搭进去几万元钱，还怄了一肚子气。

从此，老作家发誓封笔，再不写作。

老作家最后对我说，作家可以没有自由，但不能没有尊严；写作是一件有尊严的事情，如果一个作家不能有尊严地写作，就像一个人不能有尊严地活着，还有什么意思呢？

这位老作家的故事，在全国作家的侵权案例中，只是冰山一角。

中国是全世界作家最多的一个国家。截至我写这篇文章的时候，光中国作家协会的会员，就有九千九百零一个，非会员作家更是不计其数。因此，全国每年的侵权案件，可谓车载斗量、成千上万；且层出不穷，源源不断！

然而奇怪的是，绝大多数作家，几乎都没有主动维权，而是选择了沉默，选择了忍耐，选择了“多一事不如少一事”。

这是为什么呢？

据我调查，概括起来，原因主要有三：

一是多数作家不知道自己的作品已被网络侵权；

二是知道了自己的作品被侵权，却不知道怎么去维权；

三是即便知道了怎么维权，也不愿意去维权。

在上述三条主要原因中，最主要的是最后一条：不愿意去维权。

那么，明明知道自己的作品被侵权了，为什么又不愿意去维权呢？

不愿意去维权的原因有很多，且各有各的不同，但我以为，最根本的原因，是侵权的成本太低，维权的成本太高！

别的不说，单说耗费的时间。打一场官司，至少一年，多则两年，甚至三年五年！为什么？因为中国的法官最忙。为什么法官最忙？因为官司多。为什么官司多？因为法治不严，或者有法不依，甚至无法无天。而且，即便最后你的官司打赢了，赔偿也是得不偿失，少得可怜！

于是，绝大多数作家权衡利弊之后，只有忍气吞声，选择沉默，选择忍让，选择放弃维权。而放弃维权的结果，便是直接助长了侵权的歪风邪气，甚至推动了侵权者加倍的猖狂！

尤其是近几年来，随着网络的迅猛发展，网络侵权问题已然成为中国社会一个普遍存在的大问题。如果用四句话来概括今天中国网络世界的现状，那就是：观念很混乱，法规很疲软，侵权很普遍，追究很有限。

记得是十多年前，我走访中国“长征三号”火箭总设计师时，他给我讲过一个笑话，说他每次出国，外国人问他最多的是两个问题，一个是中国的气功，另一个是中国的火箭。到了后来，外国人见了中国专家，又增加了一个问题：中国的盗版问题！也就是说，中国的气功、中国的火箭和中国的盗版这三样东西，在全世界早就是飞机上挂喇叭——名声在外了！

就在几天前，我看到了最高人民法院发布的2013年《中国法院知识产权司法保护状况》的白皮书。该白皮书称，2013年我国法院审理的知识产权案件数量快速增长，特别是知识产权刑事案件成倍增长。全国各级人民法院共审结各类知识产权一审案件，多达十万零三百九十九件！其中，地方各级人民法院共新收知识产权民事一审案件，多达八万八千五百八十三件！

我据此推断，中国式的侵权，很可能已经形成一个庞大的产业，不仅气焰嚣张、疯狂猖獗，而且越演越烈，已然成为中国社会的一大公害，到了必须狠狠打击、严加惩治的时候了。因为大量肆无忌惮的侵权，损害的已经不仅仅是作家和其他创作者的权益，更是国家法律的尊严！

德国作家、历史学家席勒曾经说过：“一个国家如果不能勇于不惜一切地去维护自己的尊严，那么这个国家就一钱不值。”而美国第二十八任总统威尔逊也说过：“国家的尊严，比安全更为重要，比命运更有价值。”

因此我认为，保护知识产权，不单单是保护作家和所有创造者的权益与尊严，更是保护国家法律的尊严；而权益与尊严，并非一句空话。任何一个国家，人的权益与尊严，就是这个国家的基石；唯有个体的权益与尊严得到真正意义上的保护，这个国家才会是一个有尊严的国家，这个社会才会是一个有尊严的社会，而一个作家的写作，也才有可能有尊严地写作。

所以我愿意以一个作家的名义，呼吁各大媒体尤其是网络媒体，大力宣传知识产权意识、网络权利意识、作者维权意识。通过对这三大意识的宣传与普及，形成一股强大的社会舆论，从而提高全社会的知识产权意识，唤醒广大著作权人的维权意识；同时国家相关政策法规部门，也应尽快制定一套新型的、权威的、严厉的、切实可行而又行之有效的互联网法；而执法部门在执法中也必须严惩不贷，杀一儆百！因为中国很多问题不是解决不了，而是执法不严，惩罚太轻；或者有法不依，放任自流！

当然，侵权问题，从根本上说，还是社会道德丧失的问题。因此，唯有提升自我道德素质，加强道德自律，真正树立“诚实光荣，侵权可耻”的道德观，重新构建并营造一种“尊重知识、崇尚创新、诚信守法”的知识产权文化，才有可能从源头上、根子上杜绝侵权行为的发生；而作家及所有创作者的成果，只有得到全社会的尊重，得到互联网的保护，作家也才可能有尊严地写作，进而创作出更好的精神食粮，回报读者，回报社会。

2014 年 4 月 26 日